モリエール
傑作戯曲選集

柴田耕太郎 訳

鳥影社

目　次

[翻訳の姿勢]

1　訳文の作成過程　……………… *4*
2　訳出の疑問点　……………… *6*
3　訳文のスタイル　……………… *10*
4　思ったこと　……………… *13*

ドン・ジュアン　……………………… *17*

才女気どり　……………………… *87*

嫌々ながら医者にされ　……………… *119*

人間嫌い　……………………… *173*

あとがきに代えて　…………… *255*

［翻訳の姿勢］

1　訳文の作成過程

易しい原文であれば、いきなり完成稿にする。
モリエール作品のように難しいものは、
(1) 原文寄りの直訳⇒ (2) 仏文和訳⇒ (3) 和文和訳の形で翻訳を進めている。
その思考過程の一端をお目に掛けよう。
(2) から (3) に移るところで翻訳者の個性があらわれるし、またそこが翻訳の醍醐味でもある。

『人間嫌い』第一幕　第 1 場

［原文］
PHILINTE：
Mais quand on est du monde, il faut bien que l'on rende
Quelques dehors civils que l'usage demande.
ALCESTE：
Non, vous dis-je, on devrait châtier, sans pitié,
Ce commerce honteux de semblants d'amitié.
Je veux que l'on soit homme, et qu'en toute rencontre
Le fond de notre cœur dans nos discours se montre,
Que ce soit lui qui parle, et que nos sentiments
Ne se masquent jamais sous de vains compliments.

［初稿］原文の構成を生かした疑似日本語
フィラント：
でも社交界に所属するときは、人は示さねばならない
しきたりが要求する何がしかの外面的な礼儀正しさを。
アルセスト：
いいや、僕は君に言う、人は容赦なく、懲らしめねばならないと、
このうわべの愛情の恥ずべき商取引を。
僕は望む、人は人間であることとどんな場合にも
僕らの発言に僕らの心の底が現れることを、
心の声自体が話すべきだし僕らの感情は
空しいお世辞の下で本性を偽ることがないようにと。

［二稿］原文からはずれぬ範囲で日本語らしくまとめる
　フィラント：
　でも社交界にいる以上、守らねばなるまい
　しきたりに応じた何かしらの礼儀作法を。
　アルセスト：
　いいや、どうあっても責め苛まねばならない、
　こんな恥ずべき上辺だけの親愛の情のやりとりは。
　僕は望む、人間が人間らしくあることとどんな場合でも
　発する言葉の底には心が現れていることを、
　人間のことばとはそうであってほしいし僕らの感情が
　空しい褒め言葉で隠されることがあってはならないと。

［三稿］原文にこだわらず台詞として自然にする
　フィラント：
　でも社交界にいる以上、守らねばなるまい
　しきたりに沿った何かしらの礼儀作法を。
　アルセスト：
　いいや、どうあっても咎められねばならない、
　こんな恥ずべき上辺だけの親密さは。
　僕は望む、人間が人間らしくあることとどんな場合でも
　交わすことばの底には心が現れていることを、
　人間同士の話はそうあってほしいし僕らの感情が
　空しい褒め言葉で隠されてはならない。

　　lui：「心」⇒「心の底」⇒「心の奥底が語るもの」⇒「心の声自体」
　　　　⇒「人間のことば」⇒「人間同士の話」
　「人間同士の話」は、前の「発する言葉」を「交わすことば」としたことから繋がる意訳。

［翻訳の姿勢］

2 訳出の疑問点

仏文和訳した段階で、既存訳を参照する。
『人間嫌い』のような難解な大作だと、自分の不出来を教えられ、本当にありがたい。小品でも気になる箇所はあり、既存訳と比べてみる。
自分の理解力の乏しさを恥じるところもあるが、また先行訳に疑問を感じる場合もでてくる。一例（鈴木力衛訳と秋山伸子訳と柴田訳の比較）次に挙げる。

『嫌々ながら医者にされ』より
第一幕
第1場

① ... : je dirais de certaines choses ...
鈴木訳：ちょっと話したいことがあるんだが…。
秋山訳：俺にはちゃんとわかったんだぜ…。
柴田訳：俺は知ってるんだぜ…。

意見：
「処女ではなかった」ことをぼかして言っているのだろう。鈴木訳はまずいと思う。

② C'est vivre de ménage.
鈴木訳：たけのこ暮らしも乙なもんだぜ。
秋山訳：それこそ究極の節約じゃないか。
柴田訳：家財道具を売りゃ生活できるってわけだ。

意見：
vivre de qc「... で暮らしを立てる」
例：vivre de sa plume（文筆で生計を立てる）
17世紀の古典語辞書には
vivre de ménage:
vivre en économisant et, par jeu de mots, vendre ses meubles pour vivre（節約生活をする、また言葉の遊びで、生活のために家具を売る）とあり、モリエールのこの文例が挙がっている。

鈴木訳は現代にはなじまない。秋山訳は vivre en économisant のほうを採ったものか。

第二幕
第４場

③ Mais, Monsieur, voila une mode que je ne comprends point.
　鈴木訳：そういう流行がわたしには納得できません。
　秋山訳：そういう治療法が流行っているのが私にはどうも理解できないんですがね。
　柴田訳：それは良く分からぬやり方ですな。

意見：
mode は男性形で un mode「様式、やり方」（古い形では、女性形も可）、女性形で une mode「流行、モード」と二つの意味がある。
17世紀の注釈本に〈une façon de faire〉とある。文の流れから私は「やり方」を採りたい。

第５場

④ … ; mais il y a de certains impertinents au monde qui viennent prendre les gens pour ce qu'ils ne sont pas; …
　鈴木訳：しかし、世の中には、痛くもない腹をさぐろうとするけしからんやつがいるものだ。
　秋山訳：でも、世の中には、失礼な奴がいて、とんでもない扱いをされることがあるんでね。
　柴田訳：だがこの世の中にはある種の無礼者がいて、とんでもない役回りを人に割り当てようとする。

意見：
prendre A pour B「AをBとみなす」。
「本来のその人でないものとして相手を取り扱う」ことだと思う。鈴木訳はまずいのでないか。

［翻訳の姿勢］　7

⑤ ... et j'y perdrai toute ma medicine, ...
　鈴木訳：これには私の医術も太刀打ちできません。
　秋山訳：私の医学知識すべてを賭けてもいい。
　柴田訳：この私の医術の全てを賭けてやってみよう。

意見：
perdre qc1 a qc2「qc2 して qc1 を損する」。
直訳「あなたの愛で（に賭けて）私の全ての医学を損することになろう」⇒「自分の医術の限りを尽くし、あなたの愛を応援したい。それで損が生じても構わない」ということだろう。
17 世紀の辞書には perdre : employer inutilement, gaspiller などとある。
鈴木訳はよろしくないと思う。秋山訳、柴田訳は好みの問題になるか。

第三幕
第3場

⑥ ... c'est pour la pénitence de mes fautes; ...
　鈴木訳：これも自分が犯した罪のつぐねえというもんで。
　秋山訳：あたしが生まれる前に何かわりいことでもしたからその罰でも受きょんじゃろ。
　柴田訳：アタシのへまから得た罪ですもの。

意見：
pénitence を秋山訳は「生まれる前に何かわりいこと」としている。カトリック的な贖罪の意味を出したのだろうが、深読みではないか。ふつうに「罰」ととってよいと思う。

⑦ Il est bien vrai que si je n'avais devant les yeux que son intérêt, il pourrait m'obliger à quelque étrange chose.
　鈴木訳：亭主のためばかり考えていたら、どんなひでえ目にあわされるか、わかりましねえ。
　秋山訳：本当じゃなあ、あの人のことだけしか考えんでええんなら、思い知らせて

やるんじゃけど。
　柴田訳：アタシがあいつに相応しいことだけ考えてりゃいいのなら、アタシだって間違いしでかして、あいつに一矢報いてやりたいところですよ。

意見：
鈴木訳は意味不明。
ne ... que の連語。
son intérêt「相手（亭主）に対する興味・関心」
étrange「突飛な、途方もない」
ととるのがよいだろう。
秋山訳は正しいが分かりにくい。そういう柴田訳はくどいといわれるかも知れない。

第7場

⑧ Il n'a pas affaire à un sot, et vous savez des rubriques qu'il ne sait pas. Plus fin que vous n'est pas bête.
　鈴木訳：それに、あなたはやっこさんの知らない手をいろいろご存じです。あなたより抜け目がないとしたら、その男もまんざらばかでもありますまい。
　秋山訳：あなたは、あいつよりずっとうわてなんだし、あなたよりも頭の切れる人間は馬鹿じゃありませんからね。
　柴田訳：貴方は見くびられる人間ではありません。出し抜こうとするなら、相手もよほど抜け目なくやらねばなりませんでしょう！

意見：
ここ原文が分かりにくい。私も含め三訳者ともそう思っているのではないか。解釈を出すしかない。私は次のように考えた。「彼は馬鹿を相手（具体的にはジェロントのこと）にしていない、それで当の相手の貴方、ジェロントさん自身は彼が知らない策をご存じでおられる。その貴方より抜け目がないとしたら、彼も大変なやり手ですよ。」

［翻訳の姿勢］　9

3　訳文のスタイル

　翻訳にとりかかる際、頭を悩ますのは文体だ。本シリーズでは、古典の格調を意識した訳文を心掛けている。
　それでも『嫌々ながら医者にされ』のようなファルス要素の強いものだと、思いきりべらんめえ調にとか、田吾作風にしようかと誘惑に駆られる。
　だがそのような枠をはめてしまうことで、解釈が狭められてしまうのを恐れる。やはり無色の訳をして、その先は読者、演出家、俳優に委ねるのがよいだろう。

　ちなみに、スガナレル、マルチーヌの夫婦が昔の東京下町育ちだったら、という設定で訳したサンプルを下に掲げる。

『嫌々ながら医者にされ』
第一幕
冒頭部分

スガナレル：
てやんでえ、やるわけねえだろ。亭主のこのオイラに指図するんじゃねえ。
マルチーヌ：
いいから、言うこと聞いとくれ。好き勝手させるためアンタと結婚したわけじゃないよ。
スガナレル：
カカアを持つと、気苦労ばっかしだ。アリストテレスはうめえこと言ったぜ、女房なんてもんは悪魔より始末が悪いってな。
マルチーヌ：
何がアリストテレスだい。偉そうに。
スガナレル：
偉そうにだと。オイラのような薪づくりがいるか。学があって、6年も有名なお医者にお仕えして、若え頃にゃ、ラテン語だって言えたんだ。
マルチーヌ：
馬鹿も休み休みにしな。

スガナレル：
このあばずれ。
マルチーヌ：
つい魔がさして、はいよって言っちまったことが呪わしいやね。
スガナレル：
つい公証人の言うまま署名しちまったのが悔やまれるわ。
マルチーヌ：
文句を言うなら自分に言いな。アタシを女房にできただけでも神さまに感謝だよ。大体アタシみたいないい女とアンタ結婚できると思ってるのかい。
スガナレル：
神さまに感謝だと。あの初夜のことをありがたがれってことか。おい、これ以上言わせるな。じゃなきゃまた蒸し返すことになるぜ。
マルチーヌ：
何だい。何が言いたいのさ。
スガナレル：
いや、止めとこう。オイラが知ってることを知ってて、オメエがオイラに会えて幸せってことで、いいだろ。
マルチーヌ：
アンタに会えて幸せだなんてどの面下げて言えるのさ。ヒトを貧乏のどん底に突き落とし、遊びほうけて、アタシの持ち物全部食っちまって。
スガナレル：
違うぜ、ちょっと失敬しただけだ。
マルチーヌ：
この家の物をいつの間に売っちまって。
スガナレル：
売り食いも粋なもんだ。
マルチーヌ：
アタシのベッドまで取っ払ちまって。
スガナレル：
早起きできるだろ。
マルチーヌ：
家から家具が消えちまった。
スガナレル：
引越しが簡単ってもんだ。

［翻訳の姿勢］

マルチーヌ：
朝から晩まで酒と遊びに明け暮れて。
スガナレル：
退屈しないで済むわな。
マルチーヌ：
家族はどうすりゃいいんだい。
スガナレル：
好きにしな。
マルチーヌ：
四人のガキを抱えてるんだよ。
スガナレル：
だったら下に置け。

4　思ったこと

語学教員業界でなく翻訳業界の基準

　大学語学教員業界の力が強かった昔、英文（仏文、独文その他）和訳からはみ出すと、誤訳・悪訳・創訳などのそしりを受けた。
　いまは翻訳業界自体が大きくなり、大学でも200余の講座があるように、翻訳という仕事が認知されている。◯文和訳と翻訳の違いを端的にいうと「文と文との対照でなく、コンテクストとコンテクストの対照」となるだろう。文の塊同士が等価ならよしとされるようになったことで、翻訳は「日本語として読むに堪える」ことが最優先事項という段階に達したのである。

戯曲翻訳作法

　欧米語に比べ日本語訳はどうしても長くなる。
2時間で演じられる欧米戯曲を従来のやり方で訳した日本語で板にのせると3時間弱かかる。そこで「テキストレジ」（上演台本用改訂）と称し、原文をカットして時間を原作に近づける努力が長く行われてきたわけだ。だがこれだと、いわば長編映画をスローモーションで流し、かつところどころぶった切る、といった感じで、本来得られるべき感興が得られなくなってしまう。どうしたらよいか。次代の戯曲翻訳家志望者には次のことをアドヴァイスしたい。

　長さを原文に近づける工夫：
① 同義語反復は一語に。欧米語では二語になっていても実際は一語と同じ意味のことが多い。二語にしているのはリズムをつけるため。日本語の訳では思い切って一語にまとめる。
② 代名詞の削除。人称代名詞なしには文が成立しない欧米語。それを日本語にそのまま置き換える必要は毛頭ない。なくて済む人称代名詞は極力削る。
③ 語尾はつけない。「わ」「だ」「ね」など、強調する場合以外は入れない。
④ 接続詞の排除。英語ではand、仏語ではetがやたらにでてくる。あまり意味ないことが多く、また意味があっても日本語の訳では、接続詞を使わずにその意識の流れを訳に出すのがうまい翻訳。
⑤ 迷ったら短い方をとる。訳文が二つできて、どちらがよいか迷う場合は、躊躇なく短い方をとる。
　ほかにもあるが、これを心掛けるだけで訳文は1割短くなるはずだ。

＊おことわり＊

『人間嫌い』に関しては韻文であることに鑑み、
ほぼ100パーセント、各行ごと原文と対照させ、かつ各行ごと意味完結させた。
カンマは読点に、コロンとセミコロンは句点に対応させた。
その分、読みにくさが生じることご容赦いただきたい。
会話と台詞は別のものと考え、原文に倣い硬質な訳文にしている。
俳優の朗誦技術が試されるが是非挑戦してほしい。

モリエール傑作戯曲選集

2

モリエール
ドン・ジュアン

[ものがたり]
稀代の漁色家、ドン・ジュアン。ようやく射止めたドーヌ・エルヴィールを袖にして、新しい恋の冒険に出かける。この事態を屈辱と感じたエルヴィールの兄、ドン・カルロスは追っ手をかけ、ドン・ジュアンと一悶着する。ドン・ジュアンはあちこちで放蕩を重ねる。側仕えのスガナレル、父のドン・ルイ、さらに追ってきたエルヴィールに改心を勧められるが、一向に意に介さない。ドン・ジュアンの元に亡霊、そして決闘で倒したはずの修道騎士の像があらわれる。それでも悔い改めなどするものかとうそぶくドン・ジュアンを、神の怒りの焔が襲う。

【登場人物】

ドン・ジュアン……ドン・ルイの息子
スガナレル…………ドン・ジュアンの側仕え
エルヴィール………ドン・ジュアンの妻
ギュスマン…………エルヴィールの側仕え
ドン・カルロス……エルヴィールの兄弟
ドン・アロンス……エルヴィールの兄弟
ドン・ルイ…………ドン・ジュアンの父
フランシスク………森の貧者
シャルロット………村娘
マチュリーヌ………村娘
ピエロ………………百姓
修道騎士の像
ラ・ヴィオレット……ドン・ジュアンの召使
ラゴタン………………ドン・ジュアンの召使
ディマンシュ氏………出入り商人
ラ・ラメ………………従士
ドン・ジュアンの従者
ドン・カルロス、ドン・アロンス兄弟の従者
亡霊

【人物関係図】

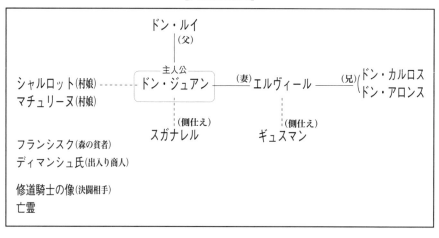

場面はシチリア

第一幕

第 1 場

スガナレル、ギュスマン

スガナレル：（嗅ぎ煙草入れを手に）
アリストテレスが、いやどんな哲学者が何と言おうと、煙草ほどよいものはない。立派な方々の嗜好品だし、煙草なしで生きるなど考えられない。煙草は脳を楽しませ清らかにするばかりか、精神を徳へといざない、人間は煙草によって紳士になる術を学ぶ。分かるだろう、煙草を吸った途端、人は周りに思いやりをもって接し、愛想をふりまく。求められるまで待たず、自分から先に相手の望みに応えようとする。まことに愛煙家なればこそ人品大いに高まるというものだ。いや話を元に戻そう。それでだギュスマン、俺のご主人ドン・ジュアンさまにぞっこんのアンタのご主人エルヴィールさまが、俺たちの出発に驚いてここまで追って来たというわけだ。俺の考えが聞きたいか。エルヴィールさまのお気持は報われない。ここへのエルヴィールさまの旅は何も生み出さない。わざわざ出かけて来ようが来まいが結果は何も変わらない、残念だけどそう思うよ。

ギュスマン：
どうしてだ。教えてくれ、スガナレル。何でそんな嫌な見当をつけるのだ。お前のご主人が心中を明かしたのか。こっちを袖にする気持になった、とでもいうのか。

スガナレル：
別に。だが何も聞いてないが、急な出立のわけはだいたい分かる。これからどんな風になるのかもな。たまにゃはずれるが、こうした件については、経験という奴がものをいう。

ギュスマン：
何だと。藪（やぶ）から棒の出発は、ドン・ジュアンさまの心変わりということなのか。あの方はドーヌ・エルヴィールさまの一途な恋の焰（ほのお）にこんな侮辱をしようというのか。

スガナレル：
とは言わんが、何しろあの方はまだ若い。ずっと恋しつづけるなんて……

ギュスマン：
あれほどのご身分の方がそんな卑劣なことをするというのか。
スガナレル：
あれほどのご身分だと。ご身分という理由は結構至極なものだ。それであの方が物事を慎んで下さればな。
ギュスマン：
だが婚姻という聖なる結びつきがあの方を縛っているはずだ。
スガナレル：
ああ、ギュスマン。お前はな、まだドン・ジュアンさまがどんなお方かご存じないとみえる。
ギュスマン：
確かに俺にはあの方が分からない、こんな不実な振舞いをするなんて。あれほど言葉を尽くし、ささやき、涙し、崇め、思いのたけを文に連ね、がむしゃらに纏わりつき、その揚句熱に浮かされ修道院の塀を乗り越える法度破り。ドーヌ・エルヴィールさまをわがものにしようと突き進んだくせに。俺にはまったく分からない、そうした後であのお方が言葉に違うお心になろうとは。
スガナレル：
俺にはそれなりに理解できる。お前だってあの性悪ダンナのことを詳しく知れば、とる行動が納得できるはずさ。あの方が、ドーヌ・エルヴィールさまに対する気持を変えた、と言うつもりはない。断言は控えよう。だがいいか、ご命令で俺は先に出発した。到着されてから、何も聞いていない。しかし、ここだけの話だがお前に教えてやろう。俺のご主人のドン・ジュアンさまって奴は、古今東西この世で類を見ない極悪人。狂犬病患者、犬畜生、悪魔、トルコ人、異端者そのものだ。こいつらは聖人も天も神も狼男も信じない。この世をサルダナパル大王(*1) さながら放蕩三昧に過ごし、まともな人間の説教・諫めに耳をふさいで、俺たちが信じている全てのものをくだらないの一言ではねつける。ウチの旦那はお前さんの女主人さまと結婚した、と言うよな。だがいいか、あの方は自分の欲望を満足させるためだったら何だってしかねない。頭に血がのぼりゃお前とだって、奥様の犬とだって、ネコとだって、結婚しかねないってな。結婚なんてものにあの方が束縛されることはない。美人を捕まえるのに便利な罠としか考えてない。獲物を選ばない狩人だ。貴婦人だろうが、貴族の娘だろうが、金持ちのご婦人だろうが、百姓女だろうが、あの方にとっては誰も無関心の相手ではあり得ない。それで、いろんな場所であの方が結婚した女の名前を全部挙げるなら、夕方までかかっても終わりはすまい。おや、顔色が変わったな。これはあの人のほんの一面さ、人となりを描ききるには他の面からも解説を加えなきゃなるまい。

いつか天罰が下る、とだけ言っておこう。あの方に仕えるなら悪魔に仕えたほうがましなくらいだ。破廉恥な振舞いを見るにつけ、さっさとどこかに消えちまえと念じてる。それにしても、貴族とはいえ厄介な人物を主人として持つのは、恐ろしいことだぜ。自分の意に沿わなくとも、その方に忠義立てせねばならない。相手を畏れるばかりに自分の心をこらえ、気持を縛りつけ、おぞましく思っているものを賞賛するようわが身を追いやるんだからな。おや、あの方がこの城館にやって来る。別れよう。いいか、俺は率直に打ち明け話をした、いささかしゃべり過ぎたかもしれん。この話が何か旦那の耳に達したとしたら、それはお前のついた嘘だと、申し上げるからな。

第2場

ドン・ジュアン、スガナレル

ドン・ジュアン：
誰と話していた。ドーヌ・エルヴィールのところのギュスマンのようだったが。
スガナレル：
まあそのような者でございます。
ドン・ジュアン：
やはり奴か。
スガナレル：
あ奴めです。
ドン・ジュアン：
奴はいつからこの町にいる。
スガナレル：
昨日の晩からです。
ドン・ジュアン：
どうしてこんなところまで来たのだ。
スガナレル：
貴方さまご自身よくお分かりのはずで。
ドン・ジュアン：
俺たちが出立したからだな。
スガナレル：
ひどく気に病んでいて、私にわけを言えと迫るのです。

ドン・ジュアン：
でどう返答した。

スガナレル：
貴方さまからはまだ何も聞いていないと。

ドン・ジュアン：
お前の考えはどうだ。この件、どう思っている。

スガナレル：
申し上げてよろしければ、貴方さまには何か新たな恋心が芽生えたのではないかと。

ドン・ジュアン：
そう思うか。

スガナレル：
はい。

ドン・ジュアン：
然(しか)り、お前の言う通り。実のところ、エルヴィールを俺の心から追い出す別の相手が見つかったのだ。

スガナレル：
なるほど。私はご主人ドン・ジュアンさまのことをよく心得ております。世界随一の色好みとしての貴方さまのお心をすっかり存じ上げております。貴方さまは愛の蜜から蜜へと飛び回り、片時も一つの場所にとどまりはしないと。

ドン・ジュアン：
そんな心根(こころね)は正しいと思わないか。

スガナレル：
そいつは、旦那さま。

ドン・ジュアン：
何だ、言ってみろ。

スガナレル：
確かに旦那さまは正しくていらっしゃいます、旦那さまなりに。それにケチをつける筋合いはございません。でも多少気がかりなら、また話は別になります。

ドン・ジュアン：
それで。お前の存念を好きに話してみろ。

スガナレル：
では、旦那さま。率直に申し上げますが、貴方のやり方にはいささかも同意しかねます。貴方さまのようにあちこちで愛をささやくのは誠に見苦しいと思う次第です。

ドン・ジュアン：
何だと。最初に丸め込まれた女のものとなって、縛られたままでいろと言うのか。最初の女に義理立てし世間と縁を切り他には関心を示さないのがいいと。結構なことだ、貞節という有難くもない評判を得ようとするとは。永遠に一人の女を愛の対象にし引きこもるとは、そして俺たちの眼を惹きつける全ての美しい女に若いうちから無関心でいるなどとは。ふざけるな、節操などは愚かな人間にこそ似つかわしい。美しい女には全て、俺たちを惹きつける権利がある。最初に出会ったというだけで、別の女たちから男の心を遠ざける特権などない。俺にしてみれば、どこであれ美しいものを見出せば、それに心を奪われずにおれない。そして優しくも荒々しい力に引きずられ、その美にいともたやすく屈するのだ。俺には約束などまるで無意味。一人の美しい女に愛情を抱いたからとて、いささかもこの魂が他の女に垣根を張るよう強いられるものではない。俺にはどんな女の美質をも見抜く眼力（がんりき）がある。そうした女たち一人びとりには当然のこと敬意を表し貢物を捧げる。つまりだ、愛すべきものとみなした全ての女に対し己（おの）が心の要求を退けることはできない。そして美しい女に乞われれば、たとえ俺が一万の心を持っていようと、それを残らず与えるだろう。生まれたての恋心は胸をときめかせずに措かないものだし、恋の喜びはことごとく変化の中にこそある。男たるもの珠玉（しゅぎょく）の喜びを味わえよう、何百もの褒め言葉によって若く美しい女の心をなびかせ、日に日に自分が相手に及ぼす小さな影響を眼で確かめ、情熱的な言葉と涙・溜息を通して、なかなか降伏しない汚れなき魂の恥じらいを徐々に弛（ゆる）め、こちらに抗うささやかな素振りを手なずけ、操（みさお）こそ大切とする頑（かたく）なな心を屈服させ、それからゆっくりとこちらが望む向きに導いてやる、この喜び。だがいったん男が女の主人になった暁には、もはや願うべきこと言うべきことは何もない。恋の悦楽はそれで終（しま）い、恋は日常に埋もれ微睡（まどろ）んでしまう。新たな何がしかの対象が俺たちの欲望を眼覚ませにやって来ないかぎり、征服したい気にさせる魅惑の相手がやって来ないかぎり。とどのつまり、美しい女の抵抗に打ち勝つことほど心地よいものは何もない。俺はこと恋にかけては征服者の野望を持っている。いつも勝利から勝利へと飛び回り、征服者として振舞う野望を自ら制限することなどできるものではない。この望みの激しさを留めうるものなど何もない。俺には全世界を愛したいという情熱がある。だからアレキサンダー大王のごとく、もっと他の世界があればよいのにと願うほどだ。そうすればそこに行ってわが恋の征服譚（たん）を増やすことができるだろうに。

スガナレル：
みごとな朗誦です。本を暗記されているみたいにすらすらと。

ドン・ジュアン：
何が言いたい。

スガナレル：
いや、私が申しあげたいのは……どうでしょうか。いろいろご立派な理屈をおっしゃるので、貴方さまが正しくていらっしゃるような気になりそうです。けれど、貴方が正しくないというのも確かで。私の考えはゆるぎないものです。でも聞いているうちに混乱して。今は結構です。別の機会に私の考えを書き物にしてみます、貴方さまと議論できますよう。
ドン・ジュアン：
それでよかろう。
スガナレル：
では旦那さま、さきほどのお許しのまま申し上げますが、私めは貴方さまの生き方を嘆かずにはおれません。
ドン・ジュアン：
何だと。俺がどんな生き方をしている。
スガナレル：
いや結構なお暮らしぶりで。例えば、こうして毎月毎月貴方がなさっているように結婚を繰り返すのを見ていると私は……
ドン・ジュアン：
これほど快いものがあろうか。
スガナレル：
まあ、大いに快適で楽しいことだと存じ上げます。それはそれで結構です、不都合さえなければね。でも旦那さま、こんな風に婚姻の秘蹟を軽んじていては……
ドン・ジュアン：
さあさあ、それは天と俺の間の問題だ。俺たちは一致協力し、縺(もつ)れがあればそれを解く。お前が心配するには及ばない。
スガナレル：
めっそうな。私はよくこんな話を耳にします、天を愚弄するなど悪ふざけが過ぎる。そんな自由思想家はよい死に方をしないだろうと。
ドン・ジュアン：
ちょっと待て、身の程知らず。貴様知っているだろう、俺の信条を。俺に意見する奴は許さない、と。
スガナレル：
そんな、意見などしていません。貴方さまご自身、なさっていることをよく御承知です。何も信じないというなら、それはそれで貴方さま流の理屈がおありでしょう。でもこの世界にはある種とんでもない奴らがいて、そいつらはどういうわけか無信仰

で、不信心を気取っています。何故ってそうした奴らは他人と違ったものの見方がカッコいいと信じているからです。もし私がそんな主人を持つとしたら、面と向かってはっきりと言ってやります。「厚かましくもアナタは天を愚弄するんですか、そしていささかも不安にならないのですか、そんな風にもっとも崇高なものをおちょくるなんて。アナタはミミズのションベン野郎、チビのチンチクリンそのもの——いや私は架空の主人に言っているのですよ——全ての人々が敬うものをあえて愚弄する皮肉屋がアナタさまっていうわけですか。高い御身分、カールしたブロンドのかつら、帽子に差す羽根飾り、金ピカの服、緋色のリボンに身を固めていれば（貴方さまのことでなく別人のことを言っているのですよ）、いいですか、それでアナタさまはうんと立派な教養人だ、すべては自分に許される、誰も痛いことは言ってこない、と考えるのですか。アナタの側仕えであるこの私から少しは学んでみてはいかがですか、天はいずれ無信仰者を罰するだろう、有害な生活は有害な死をもたらし、……」

ドン・ジュアン：
黙れ。

スガナレル：
何の話でしたっけ。

ドン・ジュアン：
ひとりの美しい女が俺の心を捉えている、そして色香に誘われ俺はこの町までその女を追ってきた、ということだ。

スガナレル：
それで旦那さま。お案じにならないのですか、6か月前に貴方さまが殺した例の修道騎士のことを。

ドン・ジュアン：
なぜ案じねばならぬのだ。ちゃんと殺したではないか。

スガナレル：
確かに、ちゃんと。ですから非難するのは間違いですが。

ドン・ジュアン：
この件についてはお上（かみ）からお許しをいただいた。

スガナレル：
はい、でもそのお許しで消えるわけではないでしょう。家族、友人たちの恨みが……

ドン・ジュアン：
ああ。生ずるかどうか分からぬ不都合を考えるな、喜びをもたらしてくれそうなことだけを考えるがよい。お前に話した相手は婚約者のいる若い女だ。この世界でもっとも感じの良い娘で、許婚者（いいなずけ）に連れられここで結婚式を挙げに来ている。二人が旅立つ

3、4日前にたまたま俺の眼に触れた。あれほど満ち足り、慈しみ合う恋人同士を今まで見たことがない。熱のこもった眼差し、交わし合う思いのさまを間近にし、俺の心に火がついた。俺は胸打たれ、羨み、憧れ、そして一緒の二人を見るに忍び難くなった。悔しさが俺の欲望を刺激し、寄り添う二人を邪魔してその結びつきを断ち切ってやれば小気味よかろうと思った。奴らのアツアツぶりを見て俺の心は曇り、傷ついたのだ。しかしこれまでのところ、努力は全て無駄に終わった。それで俺は最後の手立てとしてこれぞという案を練った。

夫となる男は今日舟遊びで女を楽しませるはずだ。そこで実は、わが愛を満たすための準備万端を整えた。小舟も人手も用意してある。いとも簡単に俺は美しいあの女を連れ去るだろう。

スガナレル：
ああ、旦那さま……

ドン・ジュアン：
何だ。

スガナレル：
貴方さまらしいなされようで、祝着至極。やりたいようになさるのが一番です。

ドン・ジュアン：
ならば俺と一緒にくるよう準備しろ、武具を揃える算段を致せ。よいか目指すは……ああ、何でこんなところに。裏切り者め、お前はあの女がここへやって来たと報告しなかったではないか。

スガナレル：
旦那さまがお尋ねになりませんでしたから。

ドン・ジュアン：
なんと無分別な女だ、衣服も変えずに、この場所に旅支度のままでやってくるとは。

第３場

ドーヌ・エルヴィール、ドン・ジュアン、スガナレル

ドーヌ・エルヴィール：
ドン・ジュアンさま、貴方は私のことを確と見分けられますか。でなければせめて、こちらへ顔を向けてくださいませ。

ドン・ジュアン：
姫、何はあれ、私は驚いております。こんなところに貴女がおられるとは。

ドーヌ・エルヴィール：
ええ、ここまで来るとは思っていらっしゃらなかったのでしょう。でもその当惑ぶり、私はもっと喜んでいただけるものと思っておりました。ご様子をみれば、信じまいとしていたことが本当だったのだと思わざるを得ません。自分でも呆れます、貴方の裏切りの証しがあれほどあるのに、そんなはずはないと退けた私の心の弱さに。私はあまりに世間知らずでした、それを認めます。そして愚かにも自らを欺こうとし、自分の眼と判断を打ち消そうとしました。私は言い訳を探していました。自分の心を誤魔化し、貴方のつれなさに何とか辻褄を合わせていたのです。こんなに慌ただしいご出立のもっともな訳をいくつも作り上げ、本来なら私の理性が咎めるはずの貴方の罪を正当化しようとしたのです。おかしいと疑う心が毎日私に語りかけても無駄でした。貴方に罪があると発する声を、手前勝手に締め出したのです。そして私の心に合わせ、貴方を潔白に仕立て上げる何千もの根拠のない考えを滑稽にも喜んで受け入れていたのです。でもいまの貴方を見ては、もはや私にためらいはありません。貴方の目遣いが、知りたい以上のことを教えてくれます。それでも貴方の口からご出立の理由をお聴きしたいのです。お話しください、ドン・ジュアンさま、お願いです。堂々と申し開きをなさって下さいませ。

ドン・ジュアン：
姫、このスガナレルが我々の出立の理由を存じております。

スガナレル：
そんな、旦那さま。私は何も知りませんよ。

ドーヌ・エルヴィール：
だったらスガナレル、話してください。誰の口から聞こうと構いません。

ドン・ジュアン：スガナレルに近づくよう指示し
さあ、姫に話すのだ。

スガナレル：
私に何を話せと。

ドーヌ・エルヴィール：
旦那さまが仰るのだから、こちらへ来て、突然出て行ったわけを教えておくれ。

ドン・ジュアン：
なぜお返事をせん。

スガナレル：
お返事することなど何もありません。召使をからかわないでくださいまし。

ドン・ジュアン：
お答えしろと申した。

スガナレル：
姫さま……
ドーヌ・エルヴィール：
なんですか。
スガナレル：自分の主人の方を振り向いて
旦那さま……
ドン・ジュアン：
さあさ……
スガナレル：
姫さま。征服者、アレクサンダー大王の前に広がる世界が、我々の出立の原因です。ねえ旦那さま、私が言えるのはこれだけです。
ドーヌ・エルヴィール：
この大そうな謎の言葉を解きほぐして下さいませ。
ドン・ジュアン：
姫、実を申せばその……
ドーヌ・エルヴィール：
ああ！　宮仕えしておられるのに、言い返すのが下手でいらっしゃいますわね。こうしたことには慣れておられるはずでしょ。貴方のそのようなあわてた態度をみると、憐れみさえ感じます。なぜ貴族の気位で応じようとなさいませんの。なぜ誓いませんの、そなたへの愛はとこしえに変わらぬ、今でもかけがえのない熱き思いを注いでいる、死の外は何も私をそなたから引き離すことはない、と。なぜ言ってくれないのですか、よんどころない事情で知らせぬままそなたの元を去った。そして意に沿わぬが、しばらくここに留まらねばならない。そなたは引き返すがよい、事が済んだらすぐに私はそなたを追って戻るから安心せよ、と。再び寄り添うことだけが望みだ、そなたと離れて私の身と心は裂かれたままだ、と。こんな風に言葉を返してごらんなさい。先ほどのように虚ろな様子は見せないでいただきたいものですわ。
ドン・ジュアン：
姫よ、確かに認めよう。私には感情を押し隠す才能はない、私の心はいつも愚直であると。いささかも言うつもりはない、いつもそなたのことを思っている、会いたくて心は逸(はや)っている、などと。何となれば結局、私はそなたから逃(のが)れるためにのみ出奔(しゅっぽん)したのだ。だがそれはそなたが心に描いているような理由からではない、純粋に良心の動機からだ。私は悟った、これ以上共にいると罪を犯したまま生きてゆくことになる。私は苦悶し、自分がしていることに魂の眼を開いた。私にははっきり分かった。結婚するために私は修道院の囲いを越えそなたを連れ出し、ためにそなたはかの場所

で堅く守っていた誡めを破ってしまった。天はこうしたことに強く憤りを感じられる。悔悛の情が私を捉えた。同時に天の怒りを恐れた。私は思い知った、私たちの結婚は破戒を糊塗するものに他ならない、天は高みから私たちに罰を下されるやもしれぬ。だから私はそなたを忘れ、そなたには元の絆に立ち戻れるようにしてやらねばならぬ、と。お分かりだろうか姫よ、神の思し召しともいえるこの考えによもや反対はすまい。そなたを引き止めれば、この私は神の御腕にかかり……

ドーヌ・エルヴィール：
ああ、何という方。今よく分かりました。悲しいことに、貴方の正体を知るのが遅すぎました。ただもう私は失望するばかりです。ですが胆に銘じなさい、貴方の大罪は見逃されることはないと。そして貴方が引き合いに出す神ご自身こそが、貴方の不実な行為に対し、私のかわりに復讐してくださることでしょう。

ドン・ジュアン：
スガナレル、神だとよ。

スガナレル：
はい、どうってことございません、こちらには。

ドン・ジュアン：
姫……

ドーヌ・エルヴィール：
もう結構です、これ以上聞きたくありません。あまりに聴きすぎたと私は自分を責めねばなりません。こんな自分の恥になることをくどくど説かれるのは屈辱です。誇りある身には一言聞いて了解すべきでした。ここで私が感情をむき出し、罵り責めるものと思わないでください。いえ、私はいささかも空しい言葉で憤りを露わにするつもりはありません。この心の高ぶりは自分の復讐のためにとっておきます。さあ貴方にもう一度申し上げます、不実なお方。天は貴方を罰します、貴方がなした非道のゆえに。それでも貴方が天など恐ろしくないと言うなら、少なくとも誇りを傷つけられた女の怒りを恐れなさい。（立ち去る）

スガナレル：
良心の呵責ってものが旦那さまにあればいいのに。

ドン・ジュアン：ちょっと考えた後
目当ての恋の段取りをつけにゆこう。

スガナレル：
こんな忌まわしい主人に仕えねばならないなんて。

*1　古代アッシリアの伝説的な王。豪奢(ごうしゃ)と放蕩の限りを尽くしたとされる。

第二幕

第1場

シャルロット、ピエロ

シャルロット：
ほんにまあ、ピアロ、あんた丁度いい時に居合わせたもんだね。
ピエロ：
そんだがよ、すんでのところで二人ともおぼれ死ぬところだった。
シャルロット：
けさの突風がそん人たちを海にひっくり返したんだね。
ピエロ：
あんな、シャルロット。どんなだったかそっくりお前に話してやろう。何しろな、オラが最初に気づいたんだ。そうさ、オラは海辺にいたんだ、あのデブのリュカとな。オラたちは土くれを顔にぶつけ合ってふざけてた。オメエよく知ってるだろ、あのデブのリュカはふざけるのが好きで、オラも時々相手する。そいでもってはしゃぎおってるとよ、ずっと遠くに何かを見ただよ。水の中をもごもご、ゆらゆらこっちへやって来るのを。オラはそれをじっと見てた、すると急に消えちまった。オラは言った「なあリュカ、あれは人だべ。あそこに浮かんどったのは」。すると奴は言った「なもんか。オメエ、ネコの死に目にあって、目が霞んだんじゃろ」。オラは言った「何言っとる、目なんか霞んじゃおらんよ、ありゃ人間だ」。奴はまた言った「ほならオメエ、目でも眩んだんだろ」。それでオラは言った「じゃあ賭けるか、オラの目は眩んどらん」そう言ったんじゃ。人間が二人、こっちの方にまっすぐ泳いでくるってのに、奴はいうでねえか、そうでないほうに賭けるって。それでオラは言ったんじゃ「ならオメエ、10ソル賭けるか？」。奴は言った「ああ、いいじゃろ。オメエに見せてやる、ほら賭けの金じゃ」。オラも慌てず、百合の紋章入りの硬貨4枚と2ディニエ銅貨を5ソル分、都合34枚[*2]、ドンと地面に置いた。コップ酒一杯グイと飲んだように大胆に。何しろ、オラは太っ腹で、後先は見ない。といっても、自分がどんなことをしてるかはよく分かってる。金を賭けるか賭けないうちに、ずっと先に人間が二人見えた。助けてくれと合図してる。で、オラは先ずその金をかき集め、そして

言った「リュカよ、何度も呼んでるだろ。すぐ助けに行こう」。すると奴がごねるだ「あいつらのせいでオラは損をした」って。リュカをなだめすかして、舟を漕いでってよ、どうにかこうにか二人を水から引っ張り上げた。そしてオラの家に来させ、火にあたらせた。二人はすっ裸になって身体を乾かしたんじゃ。それから同じ仲間の別の二人がやって来た。何とか自力で助かったようだ。それからマチュリーヌがやってきたらよ、そん人らはマチュリーヌに色目を使った。シャルロット、これが一部始終さ。

シャルロット：
ピアロ、アンタ言わなかったっけ、他の人よりめっぽう器量いいお人が、そん中にいたって。

ピエロ：
ああ、それがご主人さまだべ、きっと大変なお大尽に違いあんめい。だってな、すっかり上から下まで着物は金ずくめだもんな。そのお方に仕えている人たちだってやはり立派な紳士さまだ。だけどもよ、あのご立派な旦那だってオラがいなかったら溺れ死んじまってるとこだ。

シャルロット：
そりゃ勿体ない。

ピエロ：
ほんに全く、オラたちがいなけりゃ、あんお人はおっ死んじまったところだ。

シャルロット：
そんお人、まだ裸のままアンタの家にいるのかい。

ピエロ：
いいや、オラたちの前でご家来衆がその方に着せ替えをした。あんな着替え今までに見たことねえ。何とまあ、込み入ったものをやんごとないお方たちはお召しなさるのかね。オラなら、あんな中味には途方に暮れちまう。見てるだけで眩暈がするほどだ。何せシャルロット、あん人たちの髪と言ったら、ちっとも頭に付いてないのさ。召し物が済んだら、それを麻で編んだデッカイ帽子のように被るんさ。あの人たちのシャツときたら、その中にオラとオメエが入れるぐらいのぶかぶかの袖をしてる。細ズボンの代わりにゃ、ものすげえダブダブのを穿いててな。胴衣の代わりはチョッキみたいな小ちゃな半袖で、胸のところまでしかない。襟の折り返しのところは首を蔽うほどのでっかいレース飾りのスカーフで、そこから厚い布きれの束が垂れて腹をすっかり蔽うほどだ。腕の端のところにはまた別の小さな折り返し。脚の飾りにはよ、でっけえ銀のレースがいっぱいひらひらしてる。おまけにこれでもかこれでもかって、重ね織の綿リボン。靴はかかとが高くてな、隅々までリボンに覆い尽くされ

てる。それでもってオラなぞ蹴躓(けつまず)いて首を折っちまいそうな身づくろいだ。
シャルロット：
だったらピアロ、アタイもそれ見に行かなきゃね。
ピエロ：
その前にちょっと聞いてくれ、シャルロット。オラはオメエに言うことがあるんだ。
シャルロット：
お言いよ。何だい。
ピエロ：
いいか、シャルロット。カッコよく言えば「俺は自分の胸の内を吐露する」。オラはオメエが好きだ、オメエだってよくわかってるだろ。オラたちゃ間もなく一緒になるはずだよな。でもな、オラは今のオメエに満足してない。
シャルロット：
何だって、どういうことさ。
ピエロ：
はっきり言えば、オメエはオラを悲しませることがある。
シャルロット：
一体何のことだね。
ピエロ：
あのな、オメエはオラをちっとも愛しちゃくれねえ。
シャルロット：
ああ、そんなことけ。
ピエロ：
ああ、そんなことだ。でもそれで充分だろ。
シャルロット：
あのね、ピアロ。アンタはいつも同じことばかり言いにくるね。
ピエロ：
オラはいつもオメエに同じことを言うさ、何しろそれはいつも同じことだからだ。もしそれがいつもと同じことでなければ、オラはオメエにいつもと同じことを言ったりしないさ。
シャルロット：
だからさ、何が大事なんだい。何を言いたいんだい。
ピエロ：
オラはオメエに愛されたいんだ。

ドン・ジュアン　　33

シャルロット:
アタイがアンタを愛していないってか。
ピエロ:
愛しちゃいめえ。オラはそのためにできることは何でもしてるっていうのによ。オラはケチなこと言わずに、行商人からリボンを買ってやってるだろ。ツグミの巣から卵を取り出そうと首の骨を折るほどの無理をしてるだろう。お前の誕生日にゃバイオリン弾きに演奏させてるだろう。でもどれもこれもみんな、壁に頭をぶつけるように虚しい。いいか、恋人なのに相手を愛さないのは、いい事でもまともなことでもないさね。
シャルロット:
でも、アタイの気持からすれば、アタイもアンタを愛しているよ。
ピエロ:
ああ、ずいぶんと変わった仕方で愛してくれるだな。
シャルロット:
じゃあどんな風にすればいい。
ピエロ:
愛しているとき人が自然にするようにしてほしい。
シャルロット:
アタイがアンタをそんな風に愛していないというのかい。
ピエロ:
愛しちゃいまい、今の様子じゃな。心の底から愛してるなら、相手にメチャメチャ愛想を振りまくもんだ。あのデブのトーマの娘を見てごらんよ。あの娘は若いロバンに首ったけで、いつだって奴の周りにいてチョッカイ出しては、少しも奴を休ませない。いつもいつもなにかおふざけを仕掛けたり、通りがかりにわざとぶったりするでねえか。そいでこないだもよ、奴が座ろうとしたら、その腰掛を後ろに引っ張ったもんだから、奴はそのままむんずとひっくり返って丸ごとコケた。そうさ、愛し合うったあそういうことだ。オメエは、オラに一言も声を掛けてくれない。いつも木の切り株みてえにそこらにいるだけ。オラが20回そばを通ってもオメエはちょっとでもオラをぶつなりさわるなりしてはしゃぐことはないし、オラに何も言ってくれねえ。ほんに、それはよくない。何てったって、つまりオメエは冷たすぎるんだ。
シャルロット:
じゃあどうすればいいだ。これはアタイの性格なんだ、作りかえるなんてできやしない。

ピエロ：
愛そうって気持があれば、性格だって変わって来るはずだ。好きっちゅう気持を示す何かの印が出て当然だろ。

シャルロット：
まあ、アタイはできるだけアンタを愛してるんだよ。それでもしもアンタがそれに満足できないというなら、誰か別の人を好きになるがいいさ。

ピエロ：
何だと。思った通りだ。オメエがオラを愛しているなら、そんなこと言うはずねえ。

シャルロット：
アンタはどうしてそんなにアタイに文句つけるだね。

ピエロ：
なんとまあ、オラが一体オメエにどんな悪いことをした。ちょっとだけ思いやりを持ってくれと言ってるだけでねえか。

シャルロット：
ならま、ガミガミ言わんとしばらく放っておいとくれ。何も考えなくても急にそんな気になるかもしれないからね。

ピエロ：
じゃあ握手だ、シャルロット。

シャルロット：
わかった、はいよ。

ピエロ：
だったら約束してくれ、今まで以上にオラのことを愛するように頑張るって。

シャルロット：
できるだけやってみるさ、でもひとりでにそうなるのが一番だね。ピアロ、例の旦那ってあの人かい。

ピエロ：
ああ、あの人だ。

シャルロット：
相当な身分の方だね。おぼれ死んでいたら、大ごとだっただろうね。

ピエロ：
オラはすぐに戻ってくる。ジョッキ一杯飲んでくらあ。さっきの疲れをちょいと癒しにな。

ドン・ジュアン　35

第２場

ドン・ジュアン、スガナレル、シャルロット

ドン・ジュアン：
うまく行かんものだな、スガナレル。とんだ突風で小舟もろとも計画はひっくり返された。だがいいか、さっき出会った百姓娘がこの不運の埋め合わせをしてくれる。目論見が外れがっくりするも束の間、あの娘がそれを癒す魅惑の薬をくれた。この効き目は続くぞ。そこで俺はすでに手はずを整えた、深いため息をいつまでも吐かないで済むように。

スガナレル：
旦那さま、本当に貴方には驚きます。危機一髪で死をまぬがれたのに、ありがたい神の御心(みこころ)に感謝もせず、いつもの気まぐれと罪深い恋の戯れで、ふたたび神の怒りを引き寄せようと逸(はや)るのですから。「黙れ、このろくでなし奴(め)！　貴様は自分が言っていることを分かってるのか、旦那さまは必要なことを全部ご存じだ」。

ドン・ジュアン：シャルロットが目に入って
何と！　この百姓娘はどこからきたのだ、スガナレル。かほど綺麗な女を見たことがあるか。なあ、この娘もさっきのと同じぐらい光っていると思わないか。

スガナレル：
御意(ぎょい)。新たな美女の出現です。

ドン・ジュアン：
美しいお嬢さん、どこからかくも心地よい出会いが生まれるのでしょう。一体どうして。こんな鄙びた地で、木と岩しかないところに、貴女のような方がおられようとは。

シャルロット：
私(ワタス)は御覧のとおりでございますが。

ドン・ジュアン：
貴女はこの村のご出身ですか。

シャルロット：
はい、旦那さま。

ドン・ジュアン：
ここにお住まいか。

シャルロット：
ええ、旦那さま。

ドン・ジュアン：
お名前は何と。
シャルロット：
シャルロット、と申します。
ドン・ジュアン：
ああ、美しき人よ。その瞳の何と心に染み入ることか。
シャルロット：
そんな、恥ずかしい。
ドン・ジュアン：
いや、本当のことを言われるのを聞いて、恥ずかしがることはない。スガナレル、お前はどう思う。これほど惹きつけられる女性には決して見えぬだろう。ちょっと向きを変えてみて頂けますか。ああ、立ち姿のなんと絵になること。少し頭を上げて。ああ、顔立ちのなんと麗しいこと。目を大きく開いて。ああ、何とまばゆい。では、にっこりと微笑んで。まあ、ほれぼれする美しい歯。そして唇は何と男心をそそるものか。欣快至極、私はこんなに心ひかれる女性に会ったことがない。
シャルロット：
旦那さま、どう仰っていただいても結構です。でも、私はからかわれているのかどうか分かりません。
ドン・ジュアン：
私がそなたをからかう？　断じてない。それをするには私はそなたを愛しすぎている、いま心の底から言葉を絞り出しているのです。
シャルロット：
本当なら大変ありがたいことです。
ドン・ジュアン：
いやいや。何も有難がる必要なぞない。そなたが感謝すべきなのは、ひとえにそなた自身の美しさだ。
シャルロット：
旦那さま、お褒めの言葉が過ぎます。気の利いたお答えをする力は私にはありません。
ドン・ジュアン：
スガナレル、ちょっとこちらの手を観てみろ。
シャルロット：
そんな。私のは黒くて手じゃないみたいで。

ドン・ジュアン：
何とおっしゃる。そなたの手は世界で一番美しい。口づけさせて欲しい。
シャルロット：
旦那さま、私のような者にそんなことされるなんて勿体ない。前もって知っていれば、糠（ぬか）で手を洗っていましたのに。
ドン・ジュアン：
聞かせてほしい、美しいシャルロット。そなたはまさか結婚しておらぬだろうな。
シャルロット：
はい、旦那さま。でもじきにピアロ、隣のシモネットの息子と結婚することになっています。
ドン・ジュアン：
何だと？　そなたのような美女が百姓風情の女房になるだと！　ダメダメ。それは美に対する冒瀆（ぼうとく）だ。第一そなたは田舎に住むよう生まれついてはおらぬ。先ずもってもっとよい境遇に相応しい。天はそのことをよくご存じだ。それでわざわざ私をここへ導かれた。そなたの婚姻を阻み、そなたの魅力にふさわしい場を求めるようにと。そもそも、美しいシャルロット、私は衷心からそなたを愛している。私がそなたをこの惨めな場所から引き離し、そなたがいて当然の場所に連れていけるかどうかは、ひとえにそなた次第。私のこの愛は確かに突然のものだ。だがそれが何であろう。シャルロット、そなたの比類ない美しさゆえのもの。他の女に対してなら6か月掛かるところを、たった10分で人はそなたを愛するようになるのだ。
シャルロット：
そんな、旦那さま。貴方さまのお話に私はどう応えてよいか分かりません。仰ることはとても嬉しくて、できれば貴方さまの言うことを丸ごと信じたいです。でもいつも言い聞かされています。立派な旦那衆の言うことを決して信じちゃだめだ、貴方たちやんごとない身分の方は、甘い言葉で娘たちをたぶらかすことしか考えていないと。
ドン・ジュアン：
私はそんな人間ではない。
スガナレル：
ありませんとも。
シャルロット：
あの、旦那さま。だまされるなんて絶対にいやです。私は卑しい百姓女です。でも操（みさお）を大切にしています。自分の誇りを汚されるぐらいなら死んだ方がましです。
ドン・ジュアン：
私がそなたのような者をもてあそぶほど汚れた魂の持ち主だとお思いか。そなたの名

誉を傷つけるほど悪辣な人間であろうか。いいや。それをするには良心がありすぎる。私はそなたを愛している、シャルロット。下心などない。この真心の証しにそなたと結婚したい。これ以上確かな約束があろうか。そなたの望みのままにする心構えが私にはできている。言葉にうそ偽りないことをここにいる男が請け合ってくれるだろう。

スガナレル：
はいはい、お案じなさいますな。貴女が望まれるだけこの方は結婚して下さいますよ。

ドン・ジュアン：
シャルロット、そなたはまだ私のことをよく知らない。他人を基準に私を判断するのは大きな間違いだ。この世にはペテン師、娘をだますことだけを考える者たちがたくさんいるが、そうした連中と私を一緒にしないでいただきたい。そして私の心の誠をつゆ疑ってはならぬ。そなたの美しさはそなたに全てを約束する。そなたのように生まれついた女には、だまされる心配など全くせずに済むよう神の思し召しが働いているのだ。まさしく、そなたの人となりに対し、どんな人間も騙すことをためらうはずだ。そして私ははっきりと言おう、もし私にいささかでもそなたを裏切る考えがあったりしたら、千の針で自分の心を突き刺すだろうと。

シャルロット：
貴方さまが本当のことを仰っているのかどうか私には分かりません。でもおっしゃることを信じたい気になってきました。

ドン・ジュアン：
私を信じてくれるというならば、そなたは私そのものを正しく見ていることになる。そして私はもう一度、自分の約束の言葉を繰り返す。それを受けいれ、私の妻になることに同意していただけぬか。

シャルロット：
はい、私の叔母が許してくれるという条件でなら。

ドン・ジュアン：
では手を握らせてください、シャルロット。いみじくも貴女自身お気持を示して下さったのだから。

シャルロット：
でも絶対に、旦那さま。だましたりしないでくださいね、お願いです。良心をいつもお忘れなきよう。私はこのように誓ってもよろしいと思っているのですから。

ドン・ジュアン：
何ですと。まだ私の誠実さを疑っておられるのか！　滅相もない誓いを私にせよと仰

せか。ああ天よいったい……
シャルロット：
そんな。では誓わなくても結構です、貴方さまを信じます。
ドン・ジュアン：
ならばそなたの言葉の証(あか)しとして、接吻をいただきたい。
シャルロット：
ああ、旦那さま。どうか結婚するまで待ってください。その後なら、欲しいだけ接吻して差し上げます。
ドン・ジュアン：
よし結構。美しいシャルロット、そなたのお望みだ。そのように致そう。今はただ貴女の手を私に委ねていただきたい。そして千もの口づけによって私がいま感じている喜びを貴女に示すことをお許しください。

第3場

ドン・ジュアン、スガナレル、ピエロ、シャルロット

ピエロ：二人の間に入って、ドン・ジュアンを押しのける
おっと待った、旦那。済みませんが大人しく。興奮すると胸膜炎(きょうまくえん)を患いますぜ。
ドン・ジュアン：荒々しくピエロを押し戻して
無礼者。誰がこいつを連れてきた。
ピエロ：
偉そうに。オラの許嫁(いいなずけ)に触らんでくれ。
ドン・ジュアン：ピエロを押し戻しつづけ
とんだ邪魔者めが！
ピエロ：
何だと。こんな風に人を押しのけるたあ。
シャルロット：ピエロの腕をとって
あの方のするようにさせておきな、ピアロ。
ピエロ：
何だって。こいつのやるままにさせておけって？　嫌なこった。
ドン・ジュアン：
こいつ。

ピエロ：
何だい。アンタ紳士のくせに、他人の女を目の前で可愛がろうってのか。自分の女房でも可愛がりに行くがいいや。

ドン・ジュアン：
そうれ。

ピエロ：
おっと（ドン・ジュアン、ピエロの頬を平手打ちする）。おい、オラをぶつでねえ。（もう一発の打撃）あ痛っ！　こん畜生！（もう一発）うひゃ！　ひでえ、人を殴るなんて。アンタはオラのお蔭でおぼれ死なずに済んだんだろうが。

シャルロット：
ピアロ、怒らないで。

ピエロ：
オラは怒るぞ。だいたいオメエもとんでもない。触りまくられたままでいるなんて。

シャルロット：
あら、ピアロ。アンタの考え間違ってるよ。この旦那さんはアタイと結婚したがってるんだ。で、アンタが怒って追い払うようなことじゃないよ。

ピエロ：
何だと。くそ！　オメエ、オラと約束してるだろうが。

シャルロット：
そんなのどうってことないよ、ピアロ。アンタがアタイを愛してるんなら、アタイが奥方さまになるのを嬉しく思うはずじゃないか。

ピエロ：
ふざけんな、冗談じゃない。オメエが他の男の女房になるのを見るくらいなら、オラはオメエがくたばっちまった方がいい。

シャルロット：
さあさ、ピアロ。そんな心配なんかするでないよ。アタイが奥方さまになったら、アンタに儲けさせてやる。バターとチーズをお屋敷にもってくればいいさ。

ピエロ：
ふざけんな。オラもっていかね、オメエが倍払ってくれてもな。一体、あん人に何を言われただ。くそっ。こうなるのが分かってたら、海から救い出したりしなかった。頭を櫂でもってぶちのめしてたろうよ。

ドン・ジュアン：ピエロに近づき殴ろうとする
ふざけたことを言うな。

ドン・ジュアン　41

ピエロ：シャルロットの後ろに逃れて
ホンにまあ。オラには恐いものなんかない。
ドン・ジュアン：ピエロがいた所に移り
おい待て。
ピエロ：シャルロットの反対側に回り込み
何が来ようが構わない。
ドン・ジュアン：ピエロの後を追いかけて
目にものを見せてやる。
ピエロ：またシャルロットの後ろに逃げ出し
修羅場を潜り抜けてるオラだっち。
ドン・ジュアン：
こいつめ！
スガナレル：
いや、旦那さま。このケチな男のことは放っておきなされませ。こんな奴ぶち叩いても、意味ありません。おいお前、さっさと立ち去れ。このお方に口答えせずにな。
ピエロ：スガナレルの前を過ぎ、ドン・ジュアンに対峙（たいじ）する
オラはこん人に言いたいことがある。
ドン・ジュアン：ピエロに一発をお見舞いしようと手を上げるが、ピエロが頭を下げたためスガナレルがその平手打ちを食らう
思い知らせてくれる！
スガナレル：ピエロを睨むが、ピエロは一撃を避けるため身をかがめる
くたばれ、この。
ドン・ジュアン：
お前の慈悲心の報酬というわけさ。
ピエロ：
こん畜生。全部あいつの叔母さんに言いつけてやるぞ。
ドン・ジュアン：
さあ、私はあらゆる男のうちで一番幸せな男になる。この世のどんなものとでもわが僥倖（ぎょうこう）は交換できまいに。そなたが私の妻となることで、この身の喜びは如何ばかりのものか。そして……

第４場

　　　　ドン・ジュアン、スガナレル、シャルロット、マチュリーヌ

スガナレル：マチュリーヌを認めて
あららっ。
マチュリーヌ：ドン・ジュアンに
旦那さま、そこで一体シャルロットと何をしておられます。その女にも愛の言葉をささやいているのですか。
ドン・ジュアン：マチュリーヌに
いいや逆だ。あの女が妻にしてくれと言い寄るのだ。私は答えた、お前とすでに誓っているとな。
シャルロット：
貴方にマチュリーヌが何の用なのですか。
ドン・ジュアン：シャルロットに
私たちが話しているのを見て焼いているのだ。あいつは私の女房になりたいのだ。でも私にはそなたがいると言ってやった。
マチュリーヌ：
どういうことシャルロット……。
ドン・ジュアン：小声で、マチュリーヌに
あいつに道理を分からせる手立てはない。頭から思い込んでる。
シャルロット：
何なのよマチュリーヌ……。
ドン・ジュアン：小声で、シャルロットに
あの女には何を話しても無駄だ。その気まぐれな夢想を捨てられない。
マチュリーヌ：
何だとは何よ……
ドン・ジュアン：マチュリーヌに小声で
何を言っても手の付けようがない。
シャルロット：
いい、私はね……
ドン・ジュアン：シャルロットに
あいつはとんでもない頑固者だ。

ドン・ジュアン　43

マチュリーヌ：
私はね、じゃないよ……
ドン・ジュアン：マチュリーヌに小声で
何もいうな、狂った女だ。
シャルロット：
何言ってんのよ……
ドン・ジュアン：小声で、シャルロットに
放っておけ、常識はずれの人間だ。
マチュリーヌ：
冗談じゃない。あの女に話してやります。
シャルロット：
あの女の弁解をちょっと知りたいわ。
マチュリーヌ：
何ですって……
ドン・ジュアン：小声で、マチュリーヌに
あの女はきっとお前に言うだろう。私があいつと結婚する約束をしたとな。
シャルロット：
私にはね……
ドン・ジュアン：小声で、シャルロットに
きっとあの女は言い張るだろう。俺があいつを娶る約束を与えたとな。
マチュリーヌ：
ねえちょっと！ シャルロット、出し抜こうなんてしないでよ。
シャルロット：
それは違うでしょ、マチュリーヌ。旦那さまがアタシに話しかけるのをねたまないでおくれ。
マチュリーヌ：
旦那さまは最初にアタイを見つけたんだからね。
シャルロット：
アンタを最初に見つけたとしても、アタイは次に見つかったんだ。そしてアタイは結婚の約束をされたんだ。
ドン・ジュアン：小声で、マチュリーヌに
ほら、あの調子でしょ。
マチュリーヌ：
結構だね。でもアタイだからね、アンタじゃないよ。このお方が結婚の約束をしたの

はね。
ドン・ジュアン：小声で、シャルロットに
言った通りでしょ。
シャルロット：
うそうそ、アタイですよ。決まってる。
マチュリーヌ：
馬鹿も休み休み言ってよ。アタイだからね、念を押しとくよ。
シャルロット：
もしアタイが間違ってるんなら、この方がそう言うはずさ。
マチュリーヌ：
もしアタイが本当のことを言ってないなら、この方が違うって断言するさ。
シャルロット：
旦那さま、貴方はこの女に結婚の約束をしたのですか？
ドン・ジュアン：小声で、シャルロットに
分かってることを訊くな。
マチュリーヌ：
旦那さま、貴方はこの女の夫になる約束をしたのですか？
ドン・ジュアン：小声で、マチュリーヌに
そんなことあるはずないだろ。
シャルロット：
でもこの女、そう言ってますよ。
ドン・ジュアン：小声で、シャルロットに
言うに任せておきなさい。
マチュリーヌ：
あの女ったら見栄を切ってますよ。お聞きでしょ。
ドン・ジュアン：小声で、マチュリーヌに
言わせておきなさい。
シャルロット：
いえ、いえ。本当のところを知りたいわ。
マチュリーヌ：
はっきりさせてください。
シャルロット：
そうさ、マチュリーヌ。旦那さまがアンタの無知を諭してくれることになるね。

マチュリーヌ：
そうさ、シャルロット。可哀そうだけど旦那さまがアンタに恥をかかせてしまうね。
シャルロット：
旦那さま、これじゃいつまで経っても終わりません。
マチュリーヌ：
まず決着をつけてくださいまし、旦那さま。
シャルロット：マチュリーヌに
見ていなさいな。
マチュリーヌ：シャルロットに
そっちこそ見てるがいいや。
シャルロット：ドン・ジュアンに
言ってください。
マチュリーヌ：ドン・ジュアンに
話してください。
ドン・ジュアン：当惑して、女二人に話しかけ
俺に何を言えというのだ？　そなたら二人とも、俺がお前を妻として娶(めと)る約束をしたと言い張る。お前らのどちらも、俺がこれ以上説明しなければ、事実がどこにあるか分からないというのか。何でこんな風に意味のない繰り言を強いるのだ。実際に俺が約束した女は相手の言うことを嘲笑(あざわら)えばいいだろう。そして俺が約束を守りさえすれば、苦しむ必要などあるまい。ぐだぐだ言っても物事は先に進まない。何をするかが大事なのであって、何を言うかが大事なのではない。であるから、結果こそが言葉よりはっきりと示されるのだ。俺がお前らに同調する必要などいささかもない。俺が結婚するときに、二人のうちどちらが俺の心をつかんでいるか分かるはずだ。（小声で、マチュリーヌに）あの女には勝手に好きなことを思わせておけ。（小声で、シャルロットに）あいつの空想のまま勝手にうぬぼれさせておけ。（小声で、マチュリーヌに）俺はお前に首ったけだ。（小声で、シャルロットに）俺はすっかりお前のものだ。（小声で、マチュリーヌに）お前の周りではどんな美貌も醜く見える。（小声で、シャルロットに）お前を一度見てしまったら、他の女には耐えられない。所用でちょっと席をはずす。10分もしたらお前たちに会いに戻って来る。
シャルロット：マチュリーヌに
少なくとも、アタイがあの人の愛してる相手だよ。
マチュリーヌ：
あの人が結婚するのはアタイさ。

スガナレル：
ああ！　可哀そうにアンタたち。アンタらの純真さには同情するよ。俺はアンタらが不幸に向かって突っ走るのを見てられない。いいか二人とも、本当のことだ。あの人がアンタたちにした作り話なんか喜んで信じちゃだめだ。そして自分の村から出ようなどとはしないことだ。

ドン・ジュアン：戻ってきて

スガナレル奴(め)、何でついてこないのだ。

スガナレル：
うちのご主人はペテン師だ。アンタたちをもてあそぶことしか考えてない。今までも他の女をさんざんもてあそんできた。世界始まって以来の恋の狩人だ。で……（ドン・ジュアンに気がつく）。嘘さ。そんなことを言うやつには誰だろうと、アンタがたはそんなのウソだと言い返してやらなきゃならない。うちのご主人は世界始まって以来の恋の狩人なんかじゃありゃしない。ペテン師でもない。アンタたちを欺(あざむ)こうなんて気持はこれっぽっちもありはしない。そんな風に人をもてあそぼうなんてこと、したためしがない。ああ！　ほら、やってきた。ご本人に直接聞いてみるがいいや。

ドン・ジュアン：
何だ。

スガナレル：
旦那さま、世の中には中傷家が多いもので、先回りして言っていたのです。誰かが貴方さまの悪口を言いにきたら、それを信じないよう気を付けろとね。そしてそいつには、アンタ嘘つきだって言ってやるようにって。

ドン・ジュアン：
スガナレルよ。

スガナレル：
はい、旦那さまは名誉の人です。私はそのことを保証いたします。

ドン・ジュアン：
えへん。

スガナレル：
悪口を言う奴はとんだ無礼者です。

第 5 場

　　　　ドン・ジュアン、ラ・ラメ、シャルロット、マチュリーヌ、スガナレル

ラ・ラメ：
ご主人さま、ご報告に参りました。ここにいてはよろしくありません。
ドン・ジュアン：
何だと。
ラ・ラメ：
馬に乗った12人もの男たちが貴方さまを探しています。連中は間もなくここに到着するはずです。どのようにして連中が後をつけて来たのか分かりません。でもこの知らせをある百姓から聞き出しました。その百姓に、貴方さまの人相を詳しく述べ、行方を尋ねたとのことです。事態は急です。一刻も早くここを離れて下さい。
ドン・ジュアン：シャルロットとマチュリーヌに
急な用事でここを立ち退かねばならぬ。でも頼むぞ、私がソナタに与えた言葉を改めて思い出しておくれ。そして信じてくれ、明日陽が暮れる前に知らせを寄越す。追っ手との勝負は分が悪い。まずは頭を使い、連中に見つからぬよう計らねばなるまい。スガナレル、私の服を身に纏え。私のほうはお前の……
スガナレル：
旦那さま、御冗談を。貴方さまのお召し物を着て殺されるためにこの身を晒すなんて、それは……。
ドン・ジュアン：
さ、急げ。俺はお前に名誉を与えようというのだ。主人に代わって死ぬという栄誉を得られるなど、従者冥利ではないか。
スガナレル：
そんな栄誉はご辞退申し上げます。ああ、天よ。死が問題になるのであれば、自分のために死ぬ栄誉を我に与えたまえ！

---

*2　百合の紋章入り硬貨は、普通の1ソル硬貨より25％価値が高い。

第三幕

第1場

　　　　ドン・ジュアン、田舎着の装い。スガナレル、医者の装い。

スガナレル：
ね、旦那さま。やっぱりよかったでしょ。こうして見事に化けられたのですからね。貴方さまのお考え通りにしてたら、とてもとても。どうやったって、これほどうまく成り済ませなかったですよ。

ドン・ジュアン：
確かにお前のお蔭だ。だが一体どこでこのへんてこな衣装を見つけてきた。

スガナレル：
いやね、これは老いぼれ医者の服でして。さる場所に質入れされていたのです。貰い受けるのにいくばくか掛かりました。でも、旦那さま。これを身につけているだけで私は尊敬されるのですよ。行き会う人には会釈されますし、私を偉い先生だと思って相談しに来るやつもいます。

ドン・ジュアン：
どういうことだ。

スガナレル：
通りかかるのを見た百姓どもが寄ってきて、いろんな病気のことで私の意見を訊くのです。

ドン・ジュアン：
そんなことは何も知らないと、お前、答えたのだろうな。

スガナレル：
いや、とんでもない。この衣装に相応しい名誉を保たねば。それで病気について診断を下し、いちいち処方を施したのです。

ドン・ジュアン：
どんな治療を託宣(たくせん)したのだ。

スガナレル：
いやいや、旦那さま。私は適当にカンで決めましたので。行き当たりばったりに処方

致しました。ですから愉快なことでしょうよ、もし病人が治って、私のところにお礼に来たりしたら。
ドン・ジュアン：
何故そうならないと思う。どうしてお前は医者どもが持つ特権が自分では持てないと考えるのだ。医者なんてものが病人を治せないのは、お前と同じだ。奴らの技術は皆まぎれもないまやかし、運よく病人が治ればしめたもの。お前も奴らよろしく、本人の回復力と何かの偶然によるものを全て、自分の治療法のせいにすればよい。
スガナレル：
まあ、旦那さま。貴方は医学にも不信心なのですか。
ドン・ジュアン：
そいつこそ人間の間に存在する最大の誤った考えの一つだ。
スガナレル：
そんな。貴方さまはセンナもカッシア(*3)も嘔吐薬も効き目を信じないのですか。
ドン・ジュアン：
なぜ私にそれを信じて欲しいのだ。
スガナレル：
信ずるのが嫌いな方でしたね。それはそれとして、しばらく前から、悪いものを吐かせる薬酒が評判になっています。その奇跡は薬など馬鹿にしていた人も改宗させたほど。現に3週間前、貴方にお話し申し上げているこの私めが、素晴らしい効果を眼にしたのです。
ドン・ジュアン：
それはどんな。
スガナレル：
6日間というもの臨終同然だった男がいたのですよ。もう手の施しようがなく、どんな薬も全く効果なしでした。最後にそいつに嘔吐薬をやろうということになったのです。
ドン・ジュアン：
それで回復したのだな。
スガナレル：
いいえ、死にました。
ドン・ジュアン：
とんでもない効果だ。
スガナレル：
何ですって、丸6日間そいつは死ねないでいたのですよ。薬が奴をいきなり死なせた

のです。これより効果あるものをお望みですか。
ドン・ジュアン：
なるほどな。
スガナレル：
でも貴方がお信じにならない医学の話はこれぐらいにしてと。他のことを話しましょう。何しろこの衣装は私に知恵を与えてくれますので、私は貴方さまと議論したい気分になりました。あの、議論するのは許していただけますよね。ご意見申し上げるのでない限り。
ドン・ジュアン：
それで何だ。
スガナレル：
私は貴方さまの本当のお考えを知りたいのです。まず、貴方さまは天を一切信じていらっしゃらない？
ドン・ジュアン：
それは置いておこう。
スガナレル：
つまり信じていないと。では地獄は。
ドン・ジュアン：
ふん！
スガナレル：
やっぱり。では悪魔は、どうでしょう。
ドン・ジュアン：
知るもんか。
スガナレル：
やはり先ず信じていらっしゃらない。来世についてはどうです。
ドン・ジュアン：
ふん。
スガナレル：
まずもって折伏しにくいお方だ。ではもう一つ。怨霊についてはどうです、いると思いますか。
ドン・ジュアン：
いい加減にしろ。
スガナレル：
いや言わせていただきます。だって怨霊ほど確かなものはないんですから。そのこと

は首を賭けてもいいです。でもまだこの世に信じなければならないものがあるでしょう。貴方のお信じになるものは一体なんでしょうか。
ドン・ジュアン：
俺が信じるものだと。
スガナレル：
はい。
ドン・ジュアン：
俺が信じるのは、2足す2は4。4足す4は8ってことだ。
スガナレル：
結構な御信心で、それになんとまあ見事なお題目。貴方さまの宗教は、私の見たところでは、まさしく数学ってところですかね。でもね、人間の頭の中には理屈では割り切れないものがあって、学べば学ぶほどかえって分からなくなったりするものです。私に関していえば、旦那さま、私は貴方のようには全く学問をしていませんがね。おかげさまで、私に師匠づらする人間など誰もいませんや。でも私のこのささやかな五感とささやかな判断力でもって、私は全ての書物よりもよく物事を見抜けます。そして私はきちんと理解しているのですよ、今目にしているこの世界は一晩でひとりでに生えてくるキノコなどではないと。できましたらご主人さまにお尋ねしたい。誰があそこにある木々を、岩を、大地を、上に高くある空を作ったのか。そしてこう言ったものは全部ひとりでに出来上がったものかどうか。例えば貴方はここにこうしていらっしゃるわけですが、貴方は自分を自分でお造りになったといえるでしょうか。お父上が貴方を作るために母上を孕（はら）ませたのではないですか？　人間の体を作る上でのいろいろと絶妙な仕組みには驚かずにおれません。この神経、この骨、この静脈、この動脈、この……この肺、この心臓、この肝臓、その他もろもろ、そこには……あの、何でしたら私の話をさえぎっていただいて結構です。反論していただかないと、議論になりません。なのにわざと黙ってらっしゃる。私に勝手にしゃべらせるのは意地悪です。
ドン・ジュアン：
お前の演説が終わるのを待っているのさ。
スガナレル：
申し上げたいのは、貴方が何と言おうと人間の中には、どんな賢者でも説明できかねる賞賛すべき何物かがあるということです。全く素晴らしくはないですか。私がここにこうしているということ、また私の頭の中には同時に何百もの違ったことを考える何かがあって、それがこの身体を好きなように動かしているってことは。私が手を叩く、腕を上げる、目を空に向ける、頭を垂れる、足を動かす、右に行く、左にゆく、

進む、退く、廻る……

　　廻って転んでしまう

ドン・ジュアン：
ほら！　大演説のおかげでお前、鼻をくじいたではないか。
スガナレル：
ほんにまあ。貴方と議論を楽しもうなんて、私は実に愚かでございました。貴方さまがお信じになることをお信じなさいませ。貴方が劫罰（ごうばつ）に処せられても私は知りませんよ。
ドン・ジュアン：
くだくだ話しているうちに、どうやら道に迷ってしまったらしい。あそこに人がいる。ちょっと呼んで、道を訊（き）いてみろ。
スガナレル：
おいちょっと！　そこのあんた。お頼み申す。

第2場

ドン・ジュアン、スガナレル、森の貧者

スガナレル：
町へ行く道を教えてくれまいか。
貧者：
このままずっと行けばよいのです、旦那さま方。森の端まできたら右手に曲がって下さい。でもくれぐれも身辺にご用心を。このあたりは近頃盗賊がでます。
ドン・ジュアン：
これは親切なご忠告、かたじけない。
貧者：
旦那さま、何がしかご援助いただけますれば。
ドン・ジュアン：
なんだ、恩に着せるのか。
貧者：
私は貧しき者です、旦那さま。たった一人10年間この森に籠っています。皆さまがありとあるご利益に与（あずか）られるよう、神への祈りを欠かしは致しません。

ドン・ジュアン：
ああ。お前に着るものを与えてくれるよう、神に祈れ。他人のことなど、おせっかい焼くでない。
スガナレル：
アンタはこの旦那のことを知らない。この方は、2足す2が4で、4足す4が8になることしか信じないのさ。
ドン・ジュアン：
この森でお前は何をしている。
貧者：
ひたすら祈りを捧げております、私にお恵み下さる徳ある方がたが富み栄えるよう。
ドン・ジュアン：
だったらお前自身がおこぼれに与(あずか)ってもよいではないか。
貧者：
ああ！　旦那さま。私は世界で一番逼塞(ひっそく)しております。
ドン・ジュアン：
人をからかうでない。一日中天に祈りを捧げている者であれば、生活に困ることなどあるまい。
貧者：
それが、旦那さま。生きてゆくパンのひとかけらにも事欠くありさまで。
ドン・ジュアン：
こいつは驚いた。つまりお前の心遣(こころや)りは天に認められていないのだな。何とまあ。すぐにでもお前にルイ金貨を一枚やりたいところだ、お前が神を呪うならな。
貧者：
ああ！　旦那さま。私めにそんな大罪を犯せと仰るのですか。
ドン・ジュアン：
ルイ金貨を手にしたいか、そうでないか。お前は自分で判断すればよい。ほらここに一枚、呪いの言葉を吐きさえすればお前にくれてやる。さあ、呪いの言葉を吐くがよい。
貧者：
旦那さま！
ドン・ジュアン：
でなければ、お前はこれを手にできない。
スガナレル：
さあ、さあ。ちょいとだけ呪いの言葉を吐けばいい、どうってことなかろうが。

ドン・ジュアン：
さあ取ってみろ、ここにあるのだ。取れと言うに。だが呪いの言葉を吐くのだぞ。
貧者：
いいえ、旦那さま、そんなことするぐらいなら、飢えで死んだほうがましです。
ドン・ジュアン：
よし、よし。お前の天晴れに免じてこれはやることにしよう。
待て、あれは一体。一人に三人が掛かっている。勝負は明らかだ。こんな卑怯があってたまるか。

　　　ドン・ジュアン、争いの場に駆けてゆく。

第3場

　　　ドン・ジュアン、ドン・カルロス、スガナレル

スガナレル：
ウチのご主人さまは本当の好き者だ、招かれてもいない危険に自ら飛び込むなんて。だが、おやまあ！　助太刀が役立った。二人で三人を追っぱらったぞ。
ドン・カルロス：剣を手にして
野盗を追い払うのに、貴殿のお力がいかに役立ちましたことか。かくも勇敢なお振舞い、大いに感謝せざるを得ません、そして……
ドン・ジュアン：剣を手に戻って
貴殿だとて私の立場だったら、きっと同じことをなさったでしょう。我々の誇り高き名誉心は、こうした突発の事態を見過ごせません。あの下郎どもの仕業たるや卑怯千万。目をつぶっていたら、腑抜けの汚名を着ることになってしまいます。それにしても、どうしてこのようなことになったのですか。
ドン・カルロス：
図らずもわが弟とわが従者からはぐれてしまったのです。一行を探していた時、盗賊に出くわしました。奴らはまず私の馬を斃（たお）しました。貴方の義俠（ぎきょうしん）心がなかったら、私も同じようにやられていたことでしょう。
ドン・ジュアン：
貴方は町のほうへ行かれるのですか。
ドン・カルロス：
ええ。でも町に入ろうというわけではありません。我々、つまり私と弟は、ある不都

合な出来事のために戦わざるを得なくなったのです。貴族として、恥を濯ぐため己が身を捧げねばなりません。血を見ずには上首尾な結果をもたらせず、生きて故郷の土を踏むのは許されません。貴族ならばこその詮無き運命と申せましょうか、どんなにわが身を慎み、どんなに用心深くしていても、隙を突かれることがあります。名誉大事の不文律のため他人の不品行の尻拭いをさせられることもあります。さらにまた豊かな暮らし・財産が、あろうことかどこかの自堕落な人間の気まぐれにより失われることもあるのです。そ奴のお蔭で我らは、身を賭して恥を濯がねばならない破目になりました。

ドン・ジュアン：
ならば返礼してやればよい。勝手気儘に危害を加えに来る不逞の輩には、同じ災いをくれてやり、同じように辛い時間を過ごさせてやればいいではないですか。よろしければ、貴方が今抱えている問題が何なのか教えていただけませんか。

ドン・カルロス：
もはや秘密にすべき事柄ではありません。いったん侮辱がなされてしまった以上、我々の名誉はその事実を押し隠したいとは思いません。復讐を成し遂げることを望むだけです。いきり立つ我らが思いを、世にはそのまま知らせたい。私は貴方に包み隠さず事実を申し上げる。我らが晴らそうとする恥辱とは、身を誤り、修道院から駆け落ちしたわが妹のことであります。この侮辱を与えた張本人はドン・ルイ・テノリオの息子、ドン・ジュアン・テノリオ。何日も探してきましたが、郎党からの知らせがあり、そ奴を今朝追いかけてきたのです。4、5人の供を連れ、馬に乗って出て行った、この海沿いに道を取ったとのこと。だがこれまでの探索は無駄でした。まだ奴がどこにいるか分からないでおります。

ドン・ジュアン：
貴方は、今お話しのドン・ジュアン当人を見知っておられるのですか。

ドン・カルロス：
いいや、存じません。会ったこともありませんし、弟からその風体を聞いただけです。しかし世評では、よく言われておりません。そ奴の暮らしぶりたるや……

ドン・ジュアン：
おやめください。彼はいささか私の友人のひとりです。悪しざまに言われるのを聞き流すわけにはゆきません。

ドン・カルロス：
では貴方への敬意から、そのことを口に致しません。悪口にならざるを得ない以上、貴方の前でお知り合いについて口をつぐむのは、命を救ってくださった貴方に対する最低の礼儀です。とはいえ、貴方がたの関係が如何ばかりであろうとも、あえてお願

い致す。あの男のなしたことをお認めにならんことを、またあ奴への我々の復讐を筋違いだと思われんことを。
ドン・ジュアン：
無用なご心配なきよう。逆に私はそのことで貴方がたに協力申し上げたく存じます。確かに私はドン・ジュアンの友人です。そのことは否定できません。しかし貴族たるものを侮辱し、罰せられずに済むなどは決して許されません。私は約束いたします、貴方がたに対し、あの男に償いをさせることを。
ドン・カルロス：
このような侮辱に、如何なる償いをさせると言うのですか。
ドン・ジュアン：
貴方がたの名誉が望みうる全てのものを。これ以上貴方がたにドン・ジュアンを探し出す苦労をさせません。貴方が望む場所、望むときに、奴に会えるように計らいましょう。
ドン・カルロス：
辱めを受けたままの人間としては、そうお聞きするととても嬉しくなります。だが、私は貴方に恩義を蒙っており、貴方をこの件に巻き込むのははなはだ辛い。
ドン・ジュアン：
私はドン・ジュアンに強い友愛の念を抱いています。一人で戦わせるなど、考えられません。ですが、あの男のことはたしかに引き受けました。まずはお望みを。いつどこに来させ、どう対応させたいか。
ドン・カルロス：
運命の過酷なことよ！　貴方に命の恩義がありながら、ドン・ジュアンが貴方の友人であるなどとは。

第４場

　　　ドン・アロンスと従者三人、ドン・カルロス、ドン・ジュアン、スガナレル

ドン・アロンス：
ここで馬に水を飲ませ、あとから連れてこい。俺はしばらく徒歩(かち)でゆく。何たることだ、これは。もし兄上、何でわれらが不倶戴天(ふぐたいてん)の敵と一緒に居られる。
ドン・カルロス：
不倶戴天の敵だと？

ドン・ジュアン：三歩後ずさりして自分の剣の柄をしっかと握る
そうだ、私がドン・ジュアンだ。何人を前にしようと、名を偽ることを潔しとしない。

ドン・アロンス：
極悪人め。貴様の命はここで尽きるのだ……

ドン・カルロス：
わが弟よ、待て。私はこの人に恩義がある。助太刀がなければ、私は盗賊に殺められていたところだ。

ドン・アロンス：
それで報復を控えろと言うのですか。危ないところを救われたからとて、魂を縛る理由にはなりますまい。恩義と屈辱を秤にかけようなど、とんだお笑い草。名誉は命よりずっと大切なもの、我々からその名誉を奪った相手に対し、命の借りがあるというのは真っ当でない。

ドン・カルロス：
弟よ。私も武人、そのことはよくわきまえておる。負い目のせいで、私の心の中で遺恨がいささかも消えるものではない。だが、ここで借りを返すのを許せ。ここなる人の男気を愛で、何日かは好きに動けるよう復讐を猶予して差し上げよう。

ドン・アロンス：
いいや。復讐を延ばせば復讐自体が危うくなる。復讐の機会が二度と戻って来なくなるかもしれない。今こうして天が機会を与えて下さっているのです。それを生かすのは我ら次第。名誉が極度に損じられたとき、いささかも手加減してはなりません。兄上が腕をこまねくつもりなら、引き下がっていてください。この意趣返しの果実は、私が栄光とともに受け取ることになりましょう。

ドン・カルロス：
待て、弟よ……

ドン・アロンス：
何を言っても無駄です。こ奴は死なねばなりません。

ドン・カルロス：
止めよ。この方に刃を向けるのは許さない。天に誓おう、誰に対してであれここで私はこの方を守ると。この方が示してくれたのと同じ命の盾となる。お前が剣を振るうなら、まずこの俺を貫いてゆけ。

ドン・アロンス：
何ですと？ 兄上は仇の味方になるというのですか。こ奴を見て当然の憤怒に駆られず、思いやりの心を示すというわけですか。

ドン・カルロス：
よいか、慎みこそ貴族に相応しい立居振舞だ。名誉を損なわれた恨みを、怒りでもって晴らすでない。我らが心の声を聴け。敵愾心でなく、我々の理性のゆきつくところに身を委ねよ。見境のない怒りを爆発させてはならぬ。私は嫌なのだ、敵に対し借りがあるままでいるのは。恩義は真っ先に報われねばならない。復讐の機会を延ばしたからといって、それで心の焰が弱まるというわけではない。それでこそ復讐心は一層高まるというものだ。相手を慮って機会を延ばすことで、我々の復讐は天下晴れてのものになるはずだ。

ドン・アロンス：
これは並はずれた気の弱さ。ぞっとするおぞましさ。意味のない義理にかられ、あさはかにも得られるべき名誉をとり逃そうなど。

ドン・カルロス：
いいや、弟よ。杞憂するな。万一私の判断が間違っておれば、すぐに埋め合わせを致す。我らが名誉については、全てこの身ひとつに任せてくれ。我らが責務は重々わきまえている。時間を猶予することで私の胸のつかえは降り、本来の責務への熱意は如何ばかり増すことか。

ドン・ジュアン殿、お分かりであろう。貴殿から受けた御恩をお返ししたく存ずる。どうかこの意を汲んで、貴方はその余のことを十分お考えいただきたい。そしてご理解あれ、恩義に対すると同じ心延えで、私は責務を果たす。また、貴方への復讐の念が恩義のため減じられることなどないと。ここでお心持ちを伺おうとは思わない。今はとくと、自分の処すべき道をご思案いただきたい。ご自身でも充分分かっているであろう、我々に対してなした無礼の重さを。貴殿がそれをどう贖うか決めていただきたい。穏やかな手段で我々を満足させることもできよう。一方激しく酷い手立てとてありえよう。だがどんな選択をするにせよ、貴殿はすでに私に約束しておられる。ドン・ジュアンには償いをさせる、と。どうかそうしていただきたい。そして改めて思い出してほしい。この場を離れたら、私はもはや己が名誉のことだけを考える義務があるのだと。

ドン・ジュアン：
こちらから何もお願いはない。そして私は自分が約束したことはちゃんと守る。

ドン・カルロス：
さあ、わが弟よ。穏やかなひと時があってもよかろう。それで我々の義務の厳しさがいささかも減じるわけでない。

第5場

ドン・ジュアン、スガナレル

ドン・ジュアン：
おい、スガナレル。
スガナレル：
何でしょう。
ドン・ジュアン：
この弱虫野郎。お前は主(あるじ)がやられそうな時に逃げるのか。
スガナレル：
お許しください旦那さま。ちょっと用足しに行ってまして。この服は下痢を呼び込むようで。これを着ていると下剤を飲んだときみたいになります。
ドン・ジュアン：
くたばれ無礼者。どうせならもう少しうまい言い逃(のが)れをしろ。ところでお前、知っているか、私が命を救ったあの男が誰であるか。
スガナレル：
いいえ。
ドン・ジュアン：
あれはエルヴィールの兄だ。
スガナレル：
おあにうえ……
ドン・ジュアン：
あいつは真の男だ。実にみごとな振舞いだった。俺は奴と悶着を起こしたことを後悔している。
スガナレル：
めでたしめでたしにするのは貴方にとって簡単な事でしょうに。
ドン・ジュアン：
いかにも。だがなドーヌ・エルヴィールへの俺の情熱は燃え尽きてしまった。改めて誓いを結ぶなど、とうてい気が乗らぬ。分かっておるな、俺は恋の自由を信条としている。自分の心を牢獄に閉じ込める決心などできるわけがない。そのことはお前に飽きるほど言ったはずだ。俺を引き寄せる全てのもののほうに自ずと向かってしまうのが俺の天性だ。俺の心は全ての美しい女のものなのだ。だから俺の心を奪い、どこまで繋ぎとめてゆけるかは、所詮女どもの力次第だ。あれは何だ、素晴らしい建物が木

の間越しに見える。
スガナレル：
ご存じないので。
ドン・ジュアン：
いや全く。
スガナレル：
いいですか、あれは貴方さまに殺された修道騎士を祀った霊廟ですよ。
ドン・ジュアン：
なるほど。こんなところにあるとは知らなかった。その建物の壮麗さ、騎士の像の立派さを聞いてはいたが。よし、見に行こう。
スガナレル：
旦那さま、おやめください。
ドン・ジュアン：
何故だ。
スガナレル：
礼儀にかなっておりません。自分が殺した男を見に行くなんて。
ドン・ジュアン：
逆だ、俺が訪問することでかえって敬意を払うことになる。向こうも喜んで俺の訪問を受け入れてくれるだろう、武人であるならばな。さあ行こう、一緒に中に入ろう。

　　霊廟が開く、そこは素晴らしい空間で、修道騎士の像がある。

スガナレル：
ああ、何と美しい。美しい像、美しい大理石、美しい柱。ああ、なんと美しいのだ。旦那さま、どうお思いで。
ドン・ジュアン：
死んだ人間の野心がここまで至るとは。確かにこれはすばらしい。だが、生きている間は質素な住居で満足していた男が、自分の身が消えてしまってから、こんなに見事な住まいに入ろうとはな。
スガナレル：
これが騎士の像です。
ドン・ジュアン：
なるほど。こいつはいい、ローマ帝国皇帝のような衣裳に身を包んでいる。

スガナレル：
ええ、旦那さま。よくできています。まだ生きているかのようですね、そして今にも話し出しそうです。こちらに視線を向けていますよ、私が一人だったら恐くなりそうな。私たちを見ても嬉しそうにしてませんね。
ドン・ジュアン：
だとしたら奴は間違っている。俺が奴に示す敬意を捻(ね)じ曲げることになる。聞いてみろ、俺のところに飯を食いに来る気はないかとな。
スガナレル：
無用なことでござります。
ドン・ジュアン：
訊いてみろというに。
スガナレル：
御冗談でしょう。わざわざ像に話しかけに行くなんて莫迦(ばか)ですよ。
ドン・ジュアン：
言われたことをすればよい。
スガナレル：
何とも馬鹿らしい！　騎士殿……自分の愚かさに笑ってしまうが、ご主人さまがそうせよと仰るものだから。騎士殿、家の主人のドン・ジュアンが貴方に尋ねております、主人と一緒に夕食を食べにき来ていただけますでしょうかと。（像頷(うなず)く）あれっ！
ドン・ジュアン：
何だ、どうした？　言うのだ、言ってみろ。
スガナレル：像がスガナレルにしたと同じ仕草をドン・ジュアンにして、頭を垂れる像が……
ドン・ジュアン：
なんだ、不届きもの。何が言いたい。
スガナレル：
いやその、あの像が……
ドン・ジュアン：
ええ一体！　像がどうした。言わねばぶちのめすぞ。
スガナレル：
像が私に頷(うなず)きました。
ドン・ジュアン：
このろくでなし奴(め)が！

スガナレル：
像が頷いたのです、本当に。これ以上本当のことはありません。ご自身であれに話しかけてごらんなさい。おそらく……
ドン・ジュアン：
来い、ならず者、来い。貴様の臆病を明らかにしてやる。よいか。騎士殿、私のところへ夕食を食べに来ていただけますか？

　　像はまた頷く

スガナレル：
まがいもない。10ピストール賭ける気にもならないほど！　旦那さま、如何（いかが）です？
ドン・ジュアン：
くそっ、ここから出よう。
スガナレル：
これを信じないウチの旦那。自由思想家そのものだ。

*3　センナは便秘薬、カッシアは下剤。

第四幕

第1場

　　　　　ドン・ジュアン、スガナレル

ドン・ジュアン：
あんなもの無視すればよい。どうということはない、光の当たり加減での錯覚だ。でなければ何かの毒気に当てられ目がおかしくなっていたか。
スガナレル：
旦那さま、駄目ですよ。現にはっきり見たのですから。頭をしっかり垂れたではありませんか。貴方の生き方にあきれた天が、貴方を諭し、乱行(らんぎょう)を絶たせるために、あの不思議の技(わざ)を示したに違いありません……
ドン・ジュアン：
いいか。教訓めかして俺をこれ以上うんざりさせ、余計な言葉を重ねるなら、鞭を持って来させる。3、4人でお前を押さえつけ、滅多打ちにしてやる。分かったか。
スガナレル：
大変よく、この上なく。実に分かりやすいご説明で。いささかも婉曲(えんきょく)な言い方をなさらないのが貴方さまのご立派なところです。物事をずばり一言で仰います。
ドン・ジュアン：
すぐに夕食の用意をしろ。椅子をもて。

第2場

　　　　ドン・ジュアン、ラ・ヴィオレット、スガナレル

ラ・ヴィオレット：
ご主人さま、お出入り商人のディマンシュさんがお見えです。お話があるとのことで。
スガナレル：
取り立てのご挨拶か。一体どういう了見だ。ご主人さまはおられないと何故言わな

かった。
ラ・ヴィオレット：
一時間も前にそう申し上げました。でも信じてくれません。あちらで座って待っています。
スガナレル：
好きなだけ待たせておけ。
ドン・ジュアン：
いや、中に入れろ。うまい策ではない、居留守を使うなど。債権者には何がしかのものを持って帰らせるのがよい。ビタ一文与えずに、満足させて追い返すコツがある。

第3場

ドン・ジュアン、ディマンシュ氏、スガナレル、従者

ドン・ジュアン：大いに敬意を示し
ああ、ディマンシュさん。どうぞこちらへ。貴方に会えて何と嬉しいことか。貴方を中に入れなかったなんて、こいつらを折檻してやりたいほどです。たしかに私は、誰もここに来させぬよう申しつけております。でも貴方は例外です。いつでも自由にこの家にお入りいただきたい。
ディマンシュ氏：
御前さま、有難い仰せで。
ドン・ジュアン：従僕たちに話しかけて
いいか。ろくでなし奴。ディマンシュ氏を控えの間にお待たせするなぞ、どんな目にあうか思い知らせてやる。人をきちんと見分ける術があろう。
ディマンシュ氏：
御前、それには及びません。
ドン・ジュアン：
何ですと？　それには及ばないですと。ディマンシュさん、貴方はわが最上の友ではないですか。
ディマンシュ氏：
痛み入ります。でもここへ参りましたのは……
ドン・ジュアン：
さあ早く。ディマンシュさんに椅子をお持ちしろ。

ディマンシュ氏:
このままで結構でございます。
ドン・ジュアン:
よくありません。私と膝(ひざ)を突き合わせていただきたい。
ディマンシュ氏:
そんな必要は毛頭。
ドン・ジュアン:
折りたたみ椅子ではない、ひじ掛け椅子を持ってこい。
ディマンシュ氏:
いや、どうぞお構いなく。で……
ドン・ジュアン:
いいや、いや。私は貴方へ恩義を感じております。我々二人の間に差をつけることなどあってはなりません。
ディマンシュ氏:
御前さま……
ドン・ジュアン:
さあさ、お座りください。
ディマンシュ氏:
無用なことでございます。私が申し上げたいのはただ一言、つまり……
ドン・ジュアン:
さあお座りください、お願いです。
ディマンシュ氏:
本当に、結構でございます。私が参りましたのは……
ドン・ジュアン:
お座りいただかねば、何も聞きません。
ディマンシュ氏:
ならばそう致します。私は……
ドン・ジュアン:
はい、ディマンシュさん。体の調子はよさそうですね。
ディマンシュ氏:
ええ、おかげさまで。伺いましたのは……
ドン・ジュアン:
貴方は元々健康に恵まれておられる。瑞々(みずみず)しい唇、朱のさす頬(ほお)、生き生きした瞳。

ディマンシュ氏：
申し上げたいのは……
ドン・ジュアン：
奥様はいかがお過ごしですか、ディマンシュ夫人は。
ディマンシュ氏：
おかげさまで元気でおります。
ドン・ジュアン：
素晴らしい奥方だ。
ディマンシュ氏：
痛み入ります、御前。私が来たのは……
ドン・ジュアン：
それとお嬢ちゃんのクロディーヌ。元気にやってますか。
ディマンシュ氏：
この上なく。
ドン・ジュアン：
とてもかわいい子だ。心底愛しく思ってますよ。
ディマンシュ氏：
そう言っていただけると嬉しく存じます。実は……
ドン・ジュアン：
で坊やのコランは、いつも太鼓をドンドコ打ってますか。
ディマンシュ氏：
相変わらずです。それで……
ドン・ジュアン：
それと子犬のブリュスケは？　ワンワンと吠えまくってますか。相変わらずお宅に伺う人の脚にかみつきますか。
ディマンシュ氏：
前よりひどくなりまして。困ったものです。
ドン・ジュアン：
ご家族の消息をこんな風に訊くのに驚かんでください。私は皆さんのことを大いに気に掛けているのです。
ディマンシュ氏：
勿体ないお言葉で。
ドン・ジュアン：自分の手を差し出して
さあ握手、ディマンシュさん。貴方は私の友ですからな。

ディマンシュ氏：
かたじけのうございます。
ドン・ジュアン：
何をおっしゃる。私は心より貴方のものです。
ディマンシュ氏：
もったいないお言葉で。ですが……
ドン・ジュアン：
貴方の為にできないことなど何もありません。
ディマンシュ氏：
そんな、ご好意が過ぎます。
ドン・ジュアン：
これは打算などではありません。信じていただきたい。
ディマンシュ氏：
全くもって私はこのようなご厚情に値しません。それより……
ドン・ジュアン：
そうだ。ディマンシュさん、遠慮ぬきで。私と夕食を共にしませんか。
ディマンシュ氏：
いいえ、すぐに帰らねばなりませんので。それで……
ドン・ジュアン：立ち上がり
さあ急いで、ディマンシュさんの足元を照らす松明（たいまつ）を。そしてうちの者４、５人、この方のお見送りに銃を携えてゆけ。
ディマンシュ氏：同じく立ち上がって
どうぞお構いなく、一人で参れますから。それより……

　　　スガナレル、素早く椅子をとる。

ドン・ジュアン：
何ですと？　私は貴方のために人を出して途中までお見送りしたいのです。貴方が気がかりですからな。私は貴方の僕（ぼく）、さらに貴方の債務者でもあります。
ディマンシュ氏：
ああ！　御前……
ドン・ジュアン：
私は隠し立てはしません。周りにもそう公言しております。

ディマンシュ氏：
ですが……
ドン・ジュアン：
私がお送りしましょうか。
ディマンシュ氏：
いや、それは結構でございますが、その……
ドン・ジュアン：
ではどうか抱擁してください。重ねて申し上げる。私は貴方のために在るのです。貴方のお役に立つことなら私は何でもする覚悟です。（出てゆく）
スガナレル：
頼もしいでしょ。貴方にはうちのご主人と云う、貴方を心より愛してくださる方がおられるのです。
ディマンシュ氏：
確かに。ご主人さまは私のことを実に丁重にまた言葉を尽くし応対してくださった。それでつい、金のことを切り出せなかった。
スガナレル：
請け合いますよ。この屋敷のもの全てが、貴方のお為なら死をも辞さないと。そして貴方の身に何か起こったり、誰かに殴られそうにでもなったら、この家の者はどんな手立てをとっても貴方を……
ディマンシュ氏：
よく分かりました。でもスガナレルさん、済みませんが、お貸しした金のことをあの方に少し話しておいて下さいな。
スガナレル：
まあ、心配しないで。ちゃんと払ってくださいますよ。
ディマンシュ氏：
ところでスガナレルさん。貴方にも私はいくばくか融通しているのですがね。
スガナレル：
おっと。それは言わないことに。
ディマンシュ氏：
そんな。私は……
スガナレル：
私が借金を覚えていないとでも言われるのですか。
ディマンシュ氏：
いや、しかし……

スガナレル：
さあ、ディマンシュさん。貴方のお足元を照らして差し上げましょう。
ディマンシュ氏：
でも私の金は……
スガナレル：ディマンシュ氏の腕をつかんで
戯言は言わずに。
ディマンシュ氏：
頼みますよ……
スガナレル：ディマンシュ氏を引っぱって
そらそら。
ディマンシュ氏：
お願いですから……
スガナレル：彼を押しやり
つまらぬことを。
ディマンシュ氏：
そんな……
スガナレル：彼を押しやり
ほらっ！
ディマンシュ氏：
私は……
スガナレル：完全に相手を舞台の外に押しやり
くそっ！　おととい来やがれ。

第4場

ドン・ルイ、ドン・ジュアン、ラ・ヴィオレット、スガナレル

ラ・ヴィオレット：
旦那さま、お父上さまがお見えです。
ドン・ジュアン：
ああ面倒な。どうせ俺を不愉快にさせに来たのだろう。
ドン・ルイ：
迷惑そうだな。寛ぎの邪魔をされたとでも言いたいか。気分の悪いのはお互い様だ。お前が私に会うのがうんざりなら、私のほうもお前の品行の悪さにうんざりだ。何と

いうことか、人間は天を頼らず自ら慎重に判断しているつもりでも、なかなか自分のことは分かっていない。己が見境のない願いによって天を呆れさせることが如何に多いことか。私は心より息子を望んだ。溢れる思いで天に絶えず息子を授かるべく願った。そして、天が根負けするほどの祈りを重ねようやく得たはずのその息子が、今わが人生の悲しみと責め苦の元となっている。喜びと慰めをもたらすはずであったのに。世間に対し申し開きできない貴様の振舞い。一体どんな眼差し(まなざ)で、ワシが貴様の恥ずべき行為を見ることができると思う。そんなことばかりしでかし、ワシの顔に泥を塗り、さしものわが主君(きみ)も呆れておられる。おそばでのワシのこれまでの忠勤、宮廷内に聞こえたわが信用が空しいものとなってしまう。ああ何たるあさましい行いだ、貴様のやることは。自分の由緒正しき生まれに似つかわしくないのを恥ずかしいと思わぬか。言ってみよ。貴様には自分の血筋を誇る権利があるのか、貴族であることの見返りとして貴様は世の中で何をした、貴族の称号と紋章があるだけで充分だと思っているのか。恥知らずの生き方をしている時、貴族の出であることが誉(ほまれ)になるとでも言うのか。いいや、人間の特質は生まれにあるのではない。ご先祖にあやかろうと努めてこそ、我らの祖先の栄光の分け前に与(あずか)れるのだ。そしてご先祖が投げかけてくれるその武功の輝きは、先祖を敬い、その足跡(そくせき)に従い、その美徳を傷つけぬようにと、我らを諭(さと)す。それを守ってこそわれらはふさわしい子孫として尊敬されよう。だが、お前はご先祖を汚(けが)している。ご先祖さまはお前を自分たちの血を受け継ぐものとして認めはすまい。その華々しい活躍がお前の身を飾ることはいささかもない。逆にその御威光は、お前の不名誉を照らし出すものでしかない。父祖の栄光は貴様の恥ずべき行為を世の中に照らし出す松明となるのだ。よいか胆に銘じよ、悪しき暮らしをする貴族はこの世の魔物であると。徳こそが貴族として人から敬意を払われる第一のもの。ワシは人が記す肩書よりも人がなす行いのほうを重く見る。正直である足軽の息子のほうがお前のような生きかたをする貴族の子弟よりも尊いのだ。

ドン・ジュアン：
お父上、座っていただいた方が、話しやすいと存じますが。

ドン・ルイ：
いいや、無礼者。ワシは座る気などないし、これ以上話したくもない。ワシの言葉はお前の魂には少しも響かないようだな。だが心得よ、下劣な息子め。父としての愛情は貴様の行為によって隅に押しやられてしまった。お前の放埓さを思い知った以上は、脅しではないぞ、ワシは天の激怒に先んじ貴様を懲らしめ、貴様をこの世に生んでしまった恥を濯ぐつもりだ。（出てゆく）

第5場

ドン・ジュアン、スガナレル

ドン・ジュアン：
くそっ、さっさとあの世へ行け。それがアンタができる最善のことだ。人それぞれ役割がある。息子と張り合って長生きする父親なぞ見るに堪えない。（ひじ掛け椅子に腰かける）
スガナレル：
ああ、ご主人さま。貴方は間違えました。
ドン・ジュアン：
俺が間違えた。
スガナレル：
旦那さま……
ドン・ジュアン：椅子から立ち上がり
俺が間違えたと。
スガナレル：
はい、旦那さま。仰るままにしておいたのが間違いでして。肩を摑んで外へつまみ出せばよかったのです。あれほどの傍若無人があるでしょうか。父親が息子を叱責しに来て、行いを正せだの、家柄を意識しろだの、恥じない生活を送れだの、そうした愚かしい百もの難癖をつけるなんて。どう生きればよいかを心得ている貴方さまのような方に、耐えられることでしょうか。私は貴方の忍耐強さに感心致します。私が貴方の立場だったら、あの方などとっとと追い払ってしまったでしょうに。（自分に）ああ、我ながらとんだ御愛想！　どこまで俺はこびへつらえばいいのか？
ドン・ジュアン：
晩飯の用意はまだか。

第6場

ドン・ジュアン、ドーヌ・エルヴィール、ラゴタン、スガナレル

ラゴタン：
旦那様、ベールをつけたご婦人がお見えになり、お話したいとのことです。

ドン・ジュアン：
どういうことだろう。
スガナレル：
会ってみてはいかがです。
ドーヌ・エルヴィール：
いささかも驚かれることはありません、ドン・ジュアンさま。こんな時間にこんな身なりで私が参ったからとて。差し迫った事情があって伺いました。私が申し上げることは一刻の猶予もなりません。先刻のように怒りにかられているのではありません。御覧のように今朝の私とは大違いでございましょ。貴方憎しの誓いを立てていたあのエルヴィールではもはやありません。いらだつ魂に駆られ、復讐だけを念じていたエルヴィールでは。天は私の魂から全てのそうした下劣な熱情、罪深い恨み、卑俗な愛を追放して下さいました。そして天は私の心に、官能と無縁の焔、純粋な思いやり、全てのものから解き放たれた愛、だけを残してくださいました。それらはこの私自身でなく、貴方のご利益のみを 慮(おもんぱか)るものなのです。

ドン・ジュアン：スガナレルに
お前、泣いているようだが。
スガナレル：
お許しください。
ドーヌ・エルヴィール：
この申し分なく純粋な愛こそが、貴方のお為にと私をここに導いたのです。貴方が、天の御意向を身をもって知り、いま直走(ひたはし)っている破滅への道から遠ざかるために。そうです、ドン・ジュアンさま、私は貴方の放埒な生活ぶりを存じております。私の心を映し出し、私の取り乱した振舞いを気づかせてくださった天の御心のまま、ここへ参りました。貴方の思い上がりは神の慈悲の泉をも枯れさせ、怒りの業火が迫っている、悔悛しそれを避けるのにもう一日とて猶予はない――このことを貴方に申し上げるよう、天の御意志が私を遣わされたのです。私のほうは、もはや俗世の意味でのいかなる執着も貴方に持つことはありません。天のおかげで、私は全ての愚かな考えから目覚めました。私はきっぱりと世を捨てます。理性を喪(うしな)い罪深き愛欲に浸ろうとしていた哀れなこの身。自分がなした過ちを償い、厳しく自分を責めることで、神からお許しを得られるまでいささかでも生命(いのち)永らえればそれで充分です。しかしこうして世を捨てるにしても、強い心残りがあります。かつて私が愛情を抱いた方が、天の裁きの見せしめになってしまうなら。ですからこうして説得に参りました。貴方の頭上に打たれる恐ろしい雷(いかずち)の轟きを貴方が避けることができますれば、私には喩(たと)えようもない喜びとなるでしょう。ドン・ジュアンさま、後生ですからこの甘い慰めを

私に下さいませ。貴方が救われる道を断たないでくださいませ。そのことを私は貴方に涙とともにお願い致します。そしてもし貴方が自分にはどうでもよいというお気持であるなら、せめて私の願いを受け入れてください。貴方が永遠の責め苦に追いやられる残酷な光景を私に見させないでくださいませ。

スガナレル：
可哀そうなお方！

ドーヌ・エルヴィール：
私は貴方を心の限りを尽くして愛してきました。この世界に於いて、私には貴方ほど慈しむべきものは何もありませんでした。貴方のために、私は自分の義務を忘れていました。貴方のためにあらゆることを致しました。それをご承知なら、今貴方にわずかなお願いをしてもよろしいでしょう。それは貴方の人生をやり直していただくこと、貴方自身がこの世から消え去らないで済むようにすることです。自らをお救いなさいませ、お願いです。貴方への愛にかけて、あるいは私への愛にかけて。もう一度お願いします、ドン・ジュアンさま。私は涙ながらにお願い申し上げます。そして貴方をかつて愛した一人の女の涙では充分でないというなら、私は貴方の心を打つことの出来得る全てのものにかけてこのことを乞い願います。

スガナレル：（ドン・ジュアンのことを）
残酷なお方だ！

ドーヌ・エルヴィール：
お話しが終われば、私はさっさとお暇（いとま）いたします。私が貴方に申し上げるべきことはそれだけです。

ドン・ジュアン：
姫、もう遅いですから、ここにおとどまり下さい。できるだけ快適に過ごせるようにお泊まりの用意を致しましょう。

ドーヌ・エルヴィール：
いいえ、ドン・ジュアンさま。これ以上引き止めないでください。

ドン・ジュアン：
姫、おとどまり頂ければ、大層嬉しく思いますものを。

ドーヌ・エルヴィール：
いいえ、申し上げます。不必要な議論で時間を失うのは止めましょう。行かせてください、お送り下さらずとも結構です。そしてただ、私が申し上げたことをじっくり嚙みしめていただきますように。

第7場

ドン・ジュアン、スガナレル、従者

ドン・ジュアン：
分かるか、俺はまた少しばかりあの女に気を引かれたぞ。妙な目新しさが俺の気を惹きつける。あの女のなおざりな服装、衰弱した様子、その涙など。俺の中で消えたと思っていたはずのわずかな残り火を目覚めさせたか。

スガナレル：
あの方のお言葉は旦那さまには何の効果もなかったってことですね。

ドン・ジュアン：
はやく飯にしよう。

スガナレル：
畏まりました。

ドン・ジュアン：食卓に就いて
スガナレル、しかしながら素行を改めることも考えねばなるまい。

スガナレル：
そうですとも。

ドン・ジュアン：
そうだ、確かに。素行は改めねばなるまい。今の生き方を20年か30年続けて、それから自分たちのことを考えることにしよう。

スガナレル：
ああ！

ドン・ジュアン：
何を言いたい。

スガナレル：
いいえ別に。さあお食事です。

　　給仕が持ってきた大皿から、スガナレルはひとかけらつまみ、口に頰張る。

ドン・ジュアン：
お前のほっぺたは妙に膨らんでいるな。一体どうしたのだ。話してくれ、どうしてそうなった。

スガナレル：
いえ別に。
ドン・ジュアン：
ちょっと見せろ。そうか。頬がうっ血したのだな。すぐ突き刺して血を抜かねば。針を持ってこい。可哀そうにこの男はへとへとだ。このままだと腫瘍でこいつは窒息しかねまい。ほら、ずいぶん熟れているようだ……ああ、何たるがっつきだ、貴様は！
スガナレル：
いえその、旦那さま。料理人が塩や胡椒を入れすぎなかったかどうか、貴方さまのために確かめたかったので。
ドン・ジュアン：
さあさ、席につけ。そして食え。食事が終わったら、用がある。見たところお前、空腹のようだが。
スガナレル：食卓に就いて
だって、旦那さま。朝から何も食べていませんもの。召し上がれ、こいつは天下一の美味。

召使の一人が食べ物が載っているスガナレルの小皿をさっと取り払う

俺の皿、俺の皿！　ふざけんな。頼むよ！　おい給仕、お前は皿の片づけが実に上手(うま)いな。そしてお前さん、ラ・ヴィオレットよ。お前は頃合いで飲み物を出すのがうまいな。

　　一人の召使がスガナレルに飲み物を供するあいだに、もう一人の召使はまた彼の小皿を取り払う

ドン・ジュアン：
誰か扉を叩いているが。
スガナレル：
一体どんな奴だ、食事中に面会を求めるとは。
ドン・ジュアン：
食事ぐらいゆったりとやろう。誰もここに入れてはならぬ。
スガナレル：
承知しました。見てきましょう。

ドン・ジュアン：
どうだ？　何だった。
スガナレル：像がしたように頭を下げて
あの……あいつです！
ドン・ジュアン：
見に参ろう。何が来ようと俺はびくともしないぞ。
スガナレル：
ああ、可哀そうなスガナレル。お前はどこに隠れればよいのだ。

第8場

　　　　ドン・ジュアン、やってきて席につく修道騎士の像、スガナレル、従者

ドン・ジュアン：
椅子と揃いのナイフとフォークを。早くしろ（スガナレルに）
さあさ、お前も席につけ。
スガナレル：
旦那さま、もう腹は減っておりません。
ドン・ジュアン：
さあ席につくのだ。乾杯、騎士殿のために乾杯だ。お前も一緒に乾杯せよ、誰か、スガナレルに酒をもて。
スガナレル：
旦那さま、私は喉が渇いてはおりません。
ドン・ジュアン：
呑め、そして歌を唄うのだ。騎士殿を歓迎するために。
スガナレル：
私は風邪をひきまして、旦那さま。
ドン・ジュアン：
大したことはない。さあさ。お前ら他の者たちも、こっちに来い。スガナレルの歌に和すのだ。
騎士の像：
ドン・ジュアン、もういい。あす俺のところに飯を食いに来ぬか。その勇気がお前にはあるか？

ドン・ジュアン：
よし、俺は行く。スガナレルだけを連れてな。
スガナレル：
結構でございます、私はあす断食日でして。
ドン・ジュアン：スガナレルに
この松明を持て。
騎士の像：
灯りなど必要ない、神に導かれるこの身には。

第五幕

第1場

ドン・ルイ、ドン・ジュアン、スガナレル

ドン・ルイ：
何だと、息子よ。本当か、お前の申すことは真か。まさか糠喜びではあるまいな。私の願いが天に通じたのか。思いがけぬそなたの改心、その証(あか)しはいずこにある。

ドン・ジュアン：偽善者を演じて
はい、過ちから目覚めたこの私を御覧ください。私はもはや昨夜と同じ人間ではありません。天は突然私の中に誰をも驚かせる変化を生み出したのです。天は私の魂に触れ、私の眼を覚ましてくださいました。私は今、畏れの気持で振り返ります、これまでの長い無分別を、耽っていた罪深い放蕩を。自分のした全ての忌まわしい行いが心に浮かび上がります。そして自分でも驚くのです、よくこれまで天が堪忍して下さっていたことか、この頭上に裁きの一槌を落とさないで下さっていたことかと。私の大罪をいささかも罰することのなかった天のお慈悲を今さらながらに感ずるのです。私はそれを深く心に留めます。世間にこの改まった姿を見せ、汚名をそそぎ、もったいなき神のお許しを得たいのです。そのためにこそ私は精進致します。ですから何卒、お父上、この気持をお汲みとり頂き、私をお助けください。どなたか、行くべきところに私を導いてくださる方をご紹介ください。

ドン・ルイ：
ああ、わが息子よ。父親の愛情は何とたやすく呼び覚まされてしまうものか。一言息子が懺悔(ざんげ)しただけで、無礼を咎める気持はすぐさま消え去る。私はもう忘れてしまった、お前が示した不快な言動を。お前が今述べた誠(まこと)ある言葉によって、全ては元に戻る。愉快だ、嬉しくて自分を抑えられぬ。それを私は隠さぬ。涙が出る。わが願いは全てかなえられた、もはや天におすがり申し上げることはない。私を抱擁せよ、息子よ。そしてよいか、このまっすぐな思いを忘れずにおれ。すぐお前の母親にこの次第を知らせに参ろう。母上と共に、心浮き立つ喜びを分かち合い、お前の素晴らしい決心を、天に謝するのだ。

第２場

ドン・ジュアン、スガナレル

スガナレル：
旦那さま、貴方が改心なさって嬉しゅうございます。長い間、私はそれを待っておりました。そしてこのように、天のおかげで私の願いは全てかなえられました。
ドン・ジュアン：
このクソ間抜け！
スガナレル：
何ですと、間抜けとは？
ドン・ジュアン：
バカ。俺の今言ったことを信じ込んだのか。口と心が一致していると思うのか。
スガナレル：
何ですって。それじゃ……貴方さまはちっとも。ああ、何て人、何てお人だ。
ドン・ジュアン：
いいか、俺はちっとも変わっちゃいない。俺の気持は相変わらず同じだ。
スガナレル：
騎士の像が動いて喋る、あの奇跡に恐れ入らないのですか。
ドン・ジュアン：
確かにあれは俺としても合点がゆかない。しかし何であれだ、そんなもので俺はたじろいだり滅入ったりしない。俺が品行を改め、模範的な生活を送ると言ったのは、裏があってな。都合に合わせ、必要な策をとった。世渡りと割り切って愛想をふりまき、本音は隠しおおす。うまい具合に親爺を操って、何かあっても俺の身辺に災いが及ばぬようにするためだ。スガナレル、こうして打ち割って話をするのも、心の底をちゃんと知っている証人がいてくれれば、気持が楽だからだ。
スガナレル：
じゃあ。貴方さまはこれっぽっちも信仰をお持ちにならない。そのくせ有徳の士を気取ろうというわけですか。
ドン・ジュアン：
どうしていけない。俺のような奴はいくらでも他にいる。皆内面を隠し、世間をたぶらかすために、いかにも誠実そうな仮面をかぶっている。
スガナレル：
ああ何て方、何てお方だ。

ドン・ジュアン：
今やそのことは恥でも何でもない。偽善は流行りの悪徳だ。流行っているものは何であれ美徳としてまかり通る。徳のある人間の役を演じるのは一番の儲けもの。本心を隠して神を賛美するわけだ。この技術を磨いておればこそ、偽善者はいつでも尊敬される。万一そのペテンが見破られようとも、世間はとやかく言わない。他の悪徳であれば必ず批判にさらされ、攻撃の的となる。だが偽善はいわば特別扱いの悪徳。バレたらその手でもって全ての人の口を塞ぎ、目をつぶらせ、文句の出る隙を与えない。この特権を旗印に集まる連中は、一味をなして社会に巣くう。奴らの一人にでも喧嘩を売ったら、同じ偽善者全員を相手にすることになってしまう。こうした奴らに丸め込まれるのは、決まって真面目で信心深いお方たちだ。奴らの悪賢い演技を見て、志を同じくする仲間だと思いこみ、熱心に応援するのだからな。まあ、いかさま連中ときたら大したものだ。そいつらは巧みな芝居で若い頃の放蕩を隠し、信仰を盾に勝手し放題、善人の衣を纏(まと)っている。本来なら世に容れられぬはずのそうした人間が、咎めを受けずにのうのうとしている。お前も知っての通りだ。いくら奴らの腹の中を見抜き、そういう奴なのだと納得したところで無駄だ。奴らは世間に信用されている。そして頭(こうべ)を垂れ、溜息を吐き、目を瞬(しばた)くことで、奴らは世間をうまく誤魔化す。この都合の良い偽善の隠れ家にいてこそ、俺は安心でき、俺の色恋も恙(つつが)ない状態になるというものだ。俺は楽しい習慣をいささかも捨てはしない。だが目立たぬようにし、こっそりと楽しむのがよいだろう。やっていることがたまたまバレても、俺は下手(へた)に動き回らない。御同業の仲間が味方になって、俺の利益を守ってくれるよ。やりたいことをやって罰せられずに済むにはこれしかない。そうだ、これから俺は他人の行動のあら捜しをどんどんしてやるさ。世の中で正しいのは俺だけ、そう思い込む。誰かが俺を不愉快にさせることでもあれば、決して許さない。ねちねちと憎しみを持ち続ける。天に代わって不義を撃つのが俺だ。この勝手な口実のもとに、仇敵(きゅうてき)とみなす奴らを執拗に攻撃する。そいつらを不信心のかどで非難し、奴らのところへ宗教心に凝り固まった者たちをけしかけてやる。俺に言われるがまま、そいつらは雄叫(おたけ)びを上げ敵に迫り、悪口雑言のかぎりを尽くし、完膚(かんぷ)なきまで奴らを打ちのめしてくれよう。人間の弱いところはこのようにして突かねばならない。その時代の悪徳に順応できてはじめて、賢明な人間といえるのだ。

スガナレル：
おお、天よ！　何という話を私は聞くのだろう。貴方さまが破滅するのに足りないのはあと偽善だけでした。そしてここにその忌まわしい行状の上がりとなったのです。旦那さまがこの偽善という悪の頂点に至り、私は驚きでいっぱいです。私は喋らずにおれません。どうぞお好きになさってください。私を打擲(ちょうちゃく)してください、ぶちのめ

してください、殺してください。どうかご随意に。背負いきれない心の重荷は下ろさねばなりません。忠実な下僕（しもべ）として言うべきことを申し上げます。いいですか旦那さま、諺に言うではありませんか「危ない橋はいつかは渡れぬ」。そして誰だかの言葉にもあるでしょ「この世での人の立場は枝に載る小鳥さながら危うくて」[*4]って。――その鳥載る枝は木が支え／木は道しるべたるよき教え／よき教えには麗句あり／麗句飛び交う社交界／社交界には貴族さま／貴族大好き流行唄（はやりうた）／流行（はやり）生むのは夢ごころ／夢ごころの元御魂（みたま）から／御魂あっての命なり／命なくすは死ねばこそ／死んだら行きたい天の国／天のおわすは大地（だいち）のうえ／大地は海ではありませぬ／海には嵐がつきもので／嵐は船を悩ませる／船には必要船頭さん／よき船頭は慎重で／慎重欠けるは若い衆／若い衆は苦手お年寄り／年寄り大好き金銀貨／金銀持つはお大尽／大尽のさかさま貧乏人／貧乏人には物が要る／物は規則じゃ買えませぬ／規則持たぬは人でなし／人でなしなら地獄落ち……それで貴方さまは結局、破滅なさいます。

ドン・ジュアン：
屁理屈を重ねおって。

スガナレル：
これでも分からないなら、何をか言わんやです。

第3場

ドン・カルロス、ドン・ジュアン、スガナレル

ドン・カルロス：
ドン・ジュアン殿、折よく貴殿にお会いできた。貴殿の存念を伺うのに、お宅よりここで話せるのは好都合。わが身にかかわる例の懸案のことで、いま貴殿と向き合っている。決着をつけると申し上げたが、事態が丸く収まることを私は強く願っている。貴方のお心が私の思いを受け入れて下さり、わが妹が貴方の奥方という名で呼ばれることができ得るならばよかれと。

ドン・ジュアン：見せかけの声色で
ああ、私もできるならそうしたい。妹御（いもうとご）のことで、貴方が望む満足をお与えすることを。だが天は正面からそれに反対なさっているのです。天はわが魂にこの人生を変えねばならぬとの啓示をなされた。それで私は今、如何なる他の考えも持っておりません。ただただこの世のありとある執着から離れること、今すぐあらゆる種類の虚栄をこの身から剝ぎ、若さゆえ犯した罪深く傍若無人な振舞いを、今後厳しく身を律することで償うこと、それだけなのです。

ドン・カルロス：
ドン・ジュアン殿、天のお示しになったことと、私が申し上げていることが反するはずはありません。正式な妻と添い遂げることは、天が貴方にお示しになった正しき道を外れはしないでしょう。

ドン・ジュアン：
いえ、駄目です。そもそも妹御自身が決心されたのです。あの方は自ら世を捨てると決めました。期せずして同時に、私たち二人は同じ気持になったのです。

ドン・カルロス：
妹が世を捨てればわが一族が満足するというものではない。貴方が妹、そしてわが一族の体面を汚したこと自体が問題なのだ。我々の名誉を回復するには、貴方と妹が元の鞘(さや)に収まることが必要なのです。

ドン・ジュアン：
ご無体(むたい)を。私にしてからが、是非そうしたい。今日も心のまま有体(ありてい)に、天にご相談申し上げました。しかしそのとき、声が聞こえた。いささかも妹御のことを考えてはならぬ、寄り添えば天国に迎え入れられることかなわぬ、と。

ドン・カルロス：
ドン・ジュアン殿、そんな結構な弁明で我々をたぶらかせられるとお思いか。

ドン・ジュアン：
私は天の声に従います。

ドン・カルロス：
そのような空言(そらごと)で納得せよと申されるか。

ドン・ジュアン：
天がそれをお望みなのです。

ドン・カルロス：
貴方は妹を修道院から連れ出したというのか、その後別れるだけのために。

ドン・ジュアン：
天がそのように私に命じられたのです。

ドン・カルロス：
そのとばっちりはわが一族が勝手に尻拭いすればよい、と仰るのか。

ドン・ジュアン：
それはお命じになった天にお聞きください。

ドン・カルロス：
またしても天か。

ドン・ジュアン：
天が此く願っておられるのです。
ドン・カルロス：
もういい、ドン・ジュアン。よく分かった。そなたを仕置きするのはここではない、この場所はそれに相応しくない。だがすぐにお目に掛かろう。
ドン・ジュアン：
好きなようになさるがよい。御存じでしょう、私が勇気に欠けてはいないことを。必要とあれば自分の剣をとることを。私はこのまま大修道院へとつながる寂しいこの小道をたどるつもりです。だがはっきり申し上げておこう。私としては、戦いを望んではいない。天は私にそうした考えを禁じておられる。それでも貴方が向かってくるなら、こちらにも相応の覚悟があります。
ドン・カルロス：
然るべくさせていただこう。

第4場

ドン・ジュアン、スガナレル

スガナレル：
旦那さま、自分勝手な行動を神のせいにするなんて、ヘンではありませんか？ 最悪の考えですよ。前の貴方さまのほうがまだましでした。私はいつも貴方が救われることに望みを託しておりました。しかしもうそんなことは諦めています。天は今まで貴方を許されてきたわけですが、ここに至る破廉恥には我慢なさらないでしょう。
ドン・ジュアン：
ふん。天はお前が考えるほど厳格ではない。大体、人間が何かする度ごとにだな……
　　（亡霊、現れる）
スガナレル：
ああ、旦那さま。天が呼びかけていらっしゃいます。貴方に天が忠告をなさっているのです。
ドン・ジュアン：
もし天が俺に忠告をするというなら、もう少しはっきりと話してもらわねば。俺に言い聞かせたいならばな。

第 5 場

　　　ドン・ジュアン、ベールで顔を覆った女の姿の亡霊、スガナレル

亡霊：
ドン・ジュアンよ、もはや猶予はならぬ。天の思し召しを有難く受け入れることができる時間はごくわずかだ。ここで悔い改めねば、破滅が決まる。
スガナレル：
お聞きですか、旦那さま。
ドン・ジュアン：
こんな言葉をわざわざ述べに来るなんてどこのどいつだ。この声には覚えがある。
スガナレル：
ああ！　旦那さま、亡霊です。歩き方で分かります。
ドン・ジュアン：
幽霊だと、亡霊だと、悪魔だろうと、こいつが何であるのか俺は確かめたい。

　　　亡霊、手に長柄の鎌を持った「時の精」に姿を変える

スガナレル：
おお、天よ！　旦那さま、ご覧になったでしょう。姿かたちが変わりましたのを。
ドン・ジュアン：
いやいや、俺に恐怖を与えられるものなぞ何もない。この剣でもって試してやる、こいつが生身の身体なのか悪霊なのかを。

　　　ドン・ジュアンが相手を仕置きしようとする刹那、亡霊、飛び立つ

スガナレル：
ああ、旦那さま。もう充分分かったでしょう。すぐ全身全霊でもって悔い改めなさいませ。
ドン・ジュアン：
いいや。何がやってこようと、俺は悔い改めたりしない。行くぞ、俺に続け。

第6場

　　　　　　　修道騎士の像、ドン・ジュアン、スガナレル

騎士の像：
待て、ドン・ジュアン。昨日お前は俺の家で飯を食うと約束した。
ドン・ジュアン：
ああ。どこに行けばよい。
騎士の像：
お前の手を差し伸べよ。
ドン・ジュアン：
ほうら。
騎士の像：
ドン・ジュアン。不幸な死に繋がる自らの大罪を自覚せぬお前。自らに示された天の恩寵をないがしろにしたお前。それにより雷への道が開かれた。
ドン・ジュアン：
おお、天よ！　何だ、これは一体。目に見えぬ焔に焼かれるようだ。もはや精根尽き果てた。
俺の身体はまるで……

　　　閃光とともに雷がドン・ジュアンの上に落ちる。大地裂け、ドン・ジュアンを呑みこむ。落ちた場所からどっと炎が噴き出る。

スガナレル：
ああ！　オレの給料、オレの給料！　旦那が死んで皆満足。背かれた神さま、犯された法律、誘惑された娘、体面を汚された一族、侮辱された両親、弄ばれた人妻、間男された亭主、皆がみんな満足。不幸せなのは俺だけだ。
ああどうしてくれる、オレの給料、オレの給料、オレの給料！

　　　　　　　　　　　　　　　　　　　　　　　　　　（幕）

---

*4　シラノ・ド・ベルジュラックのことば「鶯は枝の高みにありながら、水面に映る己が姿を眺め、常に水に落ちんことをのみ恐りき」の転用と思われる。

モリエール
才女気どり

[ものがたり]
善良なブルジョア、ゴルジビュスの娘マドロンと姪のカトー。パリに越してきたのを機に社交界にデビューしたくてたまらない。父の勧める見合い相手を教養もセンスもないと退ける。邪険にされた当の二人、ラグランジュとデュクロワジーは復讐に一計を案じる。自分たちの下男を貴族に化けさせ、気取った娘たちの鼻を折ろうというのだ。マスカリーユ侯爵、ジョドレ子爵と名乗った下男たちは上手く彼女たちをだましおおす。突然ラグランジュとデュクロワジーが乱入して種明かしをする。恥をかいた娘たちは、おまけに父親にこっぴどく責められ意気消沈する。

【登場人物】

ラグランジュ…………侮辱された求婚者
デュクロワジー………侮辱された求婚者
ゴルジビュス…………善良なブルジョア
マドロン………………ゴルジビュスの娘。才女を気どる
カトー…………………ゴルジビュスの姪。才女を気どる
マロット………………マドロンとカトーの下女
アルマンゾール………マドロンとカトーの下男
マスカリーユ侯爵……実はラグランジュの従僕
ジョドレ子爵…………実はデュクロワジーの従僕
輿担ぎ人夫二人
近所の女たち
バイオリン奏者たち
従士たち

【人物関係図】

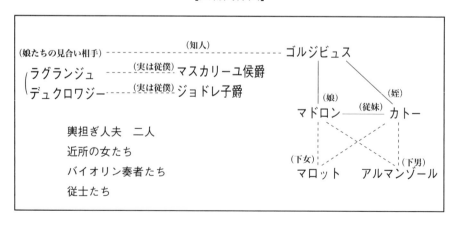

第1場

ラグランジュ、デュクロワジー

デュクロワジー：
ラグランジュさん……
ラグランジュ：
何ですか？
デュクロワジー：
ちょっと真面目な話。
ラグランジュ：
何でしょう。
デュクロワジー：
さっきの訪問、あれで納得がゆきますか。
ラグランジュ：
貴方は満足しているとでも。
デュクロワジー：
まずそうは言えんでしょう。
ラグランジュ：
私はこの件、大いに憤慨しています。あの家の田舎娘どもが気取りに気取り、私たちのような歴とした紳士を馬鹿にしきるなんて。あいつらは椅子を勧めさえしなかったではありませんか、あんなこと初めてです。ひそひそ耳打ちし合い、あくびし、目をこすり、言うことばは「今何時」「何時かしら」。何を聞いても、ハイかイイエとしか答えない。こちらが最低の人間であったとしても、あれほどの無礼などできようはずがないでしょう。
デュクロワジー：
思い知らされたってことですな。
ラグランジュ：
そうです、ほんとうに身に沁みて。だからこそあの無礼に仕返ししてやりたい。何故侮辱されたのかもよく分かっております。乙に済ました気分はパリ中蔓延し、田舎にも撒き散らされ、あのバカ娘どもはすっかりそれを吸い込んでいます。言ってしまえば、奴らのいかがわしい本性は気取りで化粧した男好きなんですよ。ですから、どうしたら喜ばれるかよく分かってます。御同意いただければ、二人で一芝居打ちてま

才女気どり　89

す。それで奴らが自分たちの愚かさを知って、少しは恥じ入るような芝居をね。
デュクロワジー：
でどんな風に。
ラグランジュ：
当家にいるマスカリーユという下男、世間では一端(いっぱし)の才人として通っています。まあ、今日(きょう)びは才気ある人物なぞどこでも叩き売りされてますが。これが呆れた奴でして、貴族の真似をしたくて仕方がないんです。いささか風流を解(かい)し詩の心得があるのを鼻にかけ、他の召使たちを野蛮人呼ばわりし軽蔑しきってます。
デュクロワジー：
それはまあ。でもそいつがどうかしましたか。
ラグランジュ：
そいつをどうしようかというと、つまり……。ひとまずここを出ましょう。

第2場

ゴルジビュス、デュクロワジー、ラグランジュ

ゴルジビュス：
これは、皆さま。家の娘と姪にお会いいただきましたか。どんな具合でした、うまく行きそうですか。
ラグランジュ：
娘さん方からお聞きになったほうがよろしいでしょう。今言えるのは、貴方のお計らいには感謝申し上げるということだけ。そんなもので失礼させて頂きます。
ゴルジビュス：
何だろう、気に召さなかったようだ。一体何があったのだ。訳を知らねばなるまい。おい！

第3場

マロット、ゴルジビュス

マロット：
旦那さま、お呼びで。

ゴルジビュス：
お前のご主人、お嬢さま方はどこにいる。
マロット：
お部屋で休んでおられます。
ゴルジビュス：
二人は何をしている。
マロット：
唇にクリームを。
ゴルジビュス：
クリームの塗り過ぎだ。ここに下りてくるよう言え。バカ娘め、あいつらはクリームでワシを破産させるつもりか。そこら中、卵の白身、乳液、何だか知らないヘンテコなものばかり。ここに来てから、少なくともあの娘どもは１ダース分の豚の脂身を無駄にした。あいつらが使った羊の足で４人の使用人を食わせてゆける。

第４場

マドロン、カトー、ゴルジビュス

ゴルジビュス：
お前らの顔の手入れに、ずいぶんと金が掛かるものだな。さてあの人たちにお前ら一体何をした。じつに無愛想に出て行ったぞ。お前らの嫁ぎ先として考えるよう言い聞かせておいたではないか。
マドロン：
お父さま、あの方たちの理性のかけらもないお振舞いに、私たちがどんな評価をしろと仰(おっしゃ)るのですか。
カトー：
叔父さま、少しでも分別のある娘なら、ああした方たちを受けいれられると思われますか。
ゴルジビュス：
お前らはどんな文句がある。
マドロン：
あの方たちのやり口の結構なこと！　何ですか、まず結婚から第一歩を踏み出そうなんて！

ゴルジビュス：
ならお前は一体何処から始めて欲しいのだ。同棲からか？ ワシもお前たちも満足のゆく進め方ではないか。これほど礼儀にかなったものはあるまい。あの人たちが望んでいる聖なる絆こそ、誠実さの証しではないか。

マドロン：
ああ、お父さま。それって最低の仰りよう。父親から愚かなことを聞くなんて、私は恥ずかしい。少しは品格というものにこだわっては如何ですか。

ゴルジビュス：
品格だろうが三角だろうがそんなものは無用だ。お前に言っておこう、結婚は極めて神聖なものであり、そこから始めるのが真っ当な社会人たるゆえんだ。

マドロン：
何ということを。誰もが皆お父さまのようだったら、ロマンスなんてすぐにお終いになってしまいます。よろしいですわね、シリュスとマンダーヌ(*1)がとりあえず結婚し、アロンスが直ちにクレリー(*2)と結ばれるとしたら！

ゴルジビュス：
何のことだ。

マドロン：
お父さま。結婚はいろいろな出来事を乗り越えてはじめて到達されるべきです。従妹も同じ意見ですわ。恋する男性は相手の女性に気に入られるために、慈しみに満ちた言葉をにじみ出るように語る術を、甘く・優しく・情熱的な気持をあらわす術を、心得ていなければなりませんし、その愛を求める筋道は一定の形式に則っていなければなりません。まず、彼は散歩道か教会か何か公けの儀式の場で、運命の女性とゆくりなくも出会うのです。でなければ、不思議の糸に操られ、女性の家に親戚の人とか友人とかに連れられてやって来て、夢うつつでもの悲しく帰ってゆくのです。彼はしばらく愛する女性に対しその情熱をあからさまにしませんが、それでも何度も訪問を重ね、そこでは必ず恋を話題にのせ、居合わせた人たちの気分を盛り上げます。やがて告白の日がやって来ます。それはどこかの庭園の細道でなされねばなりません、周りの人たちがちょっと離れた隙をねらって。そしてこの告白は激しい抵抗に遭います。私たち女は頬を染め、しばしその恋する男を遠ざけることになります。ですが彼は少しずつ巧みに私たちの気持を和らげ、恥じらいを弛め、するのも辛い告白を私たちから引き出すことに成功するのです。その後、さまざまな出来事がやってきます。互いに認め合った愛情の邪魔をしようとする恋敵、父親の迫害、行き違いから生じる嫉妬、不平、絶望、駆け落ち、それにまつわる一切。これこそがうるわしい恋の道程で起こるものであり、望ましくも正しい恋の進め方なのです。それが夫婦の契りが真っ先に

きて、「求愛」即「結婚契約」なんて、結末から物語を始めるようなものですわ。それにお父さま、このやり口ほど俗っぽいものはありません。無理強いされると思っただけで、胸が塞がります。

ゴルジビュス：
訳のわからぬことをほざきおって。まこと立派なご託宣だ。

カトー：
叔父さま、お従姉さまの仰る通り。優雅さのかけらもない無作法な人間を受けいれるなんてできますでしょうか。あの方たちは絶対に「恋愛地図」なんてものを見たことがないんですわ。それに「恋文駅」、「慕情停車場」、「優雅な文章ステーション」、「美しい韻文港(みなと)」(*3)は見当もつかない世界なのです。お分かりになりませんこと、あの方たちの人となりがそっくり外に出ています、他人からよく思われる雰囲気をこれっぽっちも持っていないって。膝飾りは無く、羽根を刺してない帽子、かつらをかぶらずぼさぼさの頭、服にはリボンもほとんど付けず求愛の訪問をしに来るなんて！……とんだ恋人だわ。身づくろいの野暮ったさ、会話の潤いのなさ、とても耐えられません、とてもその気になれません。それと気づいたのです。あの方たちの襟の折り返しは一流の仕立てでない、ズボンの幅は本来あるべき膨らみが足りないままだって。

ゴルジビュス：
この娘たちは二人ともどうかしている。ワシには喋っていることがまるで分からん。カトー、そしてお前マドロン……

マドロン：
ああ！　お願いです、お父さま、その変な名前を追い払ってください。私たちを別の名で呼んでください。

ゴルジビュス：
何だと、変な名だと！　これはお前たちが生まれた時に頂いた名ではないか。

マドロン：
あら、何てくだらない。私にとって驚きです、お父さまに私のような才気煥発(さいきかんぱつ)な娘が生まれたことが。カトーもマドロンも高級な文学に出てきますか。まさか仰りはしないでしょうね、こんな名前が世界の素晴らしい小説に似つかわしいなどと。

カトー：
よろしいこと、叔父さま。いささか洗練された耳であれば、そうした言葉が発せられるのを聴くのに苦しむはずです。で、お従姉さまが選んだのはポリクセーヌ、そして私が名乗ったのはアマント、この優雅な名前に叔父さまも賛成して下さらねば。

ゴルジビュス：
いいか、言いたいのはたった一言。お前らが名付け親からもらった以外の名前を名乗

才女気どり　　93

ることは許さん。で今話している殿方に関してはだ、ワシはその家柄、財産をよく知っている。ワシは何としてもお前たちの夫としてあの人たちを受け入れさせたい。お前らを手許に置くことに疲れた。娘を二人養うのはワシのような年の男にはいささか重荷だ。

カトー：
私はね、叔父さま、婚姻をきわめて不愉快なものと考えております。裸の殿方の傍らに寝るなんて考えただけで耐えられません。

マドロン：
お許しください。少しの間パリの社交界に入って、息をすることを。だってパリに着いたばかりなのですもの、ゆっくりと私たちに物語を紡がせてください。そのことで結論を決して急がぬようにしてください。

ゴルジビュス：
疑う余地はまるでない、この娘らは狂っている。もう一度言う、こうした駄弁は決して聞かない。ワシは絶対的な主人だ。この種の議論はやめだ。お前ら二人は直ちに結婚するか、それでなければいいか、修道女になれ。確と命ずる。

第5場

カトー、マドロン

カトー：
お姉さま、叔父さまは俗臭芬々。なんてお粗末な頭の中、心もくすんでしまっている。

マドロン：
本当に情けないったらありゃしない。自分があの人の娘だなんて信じられない。きっといつか何かの折に、私が高貴な生まれだと分かることになるはずよ。

カトー：
そうに決まってます。そして私だって……

第6場

マロット、カトー、マドロン

マロット：
お使いが来て、お嬢さまがたが御在宅かお尋ねです。ご主人がお目に掛かりたいのだ

そうで。
マドロン：
ねえ、もっと品よく喋りなさい。こう言うの「必要が求めて来ております。御目もじ叶う光栄の有りや無しやと」
マロット：
なんてまあ！　あたしはラテン語はとんと駄目です。貴女（あなた）さまのようには、偉大なソポクラテスの哲学(*4) を理解できません。
マドロン：
バカね、そんなことも分からないで。ご主人はどなたですって。
マロット：
マスカリーユ侯爵と申されました。
マドロン：
あなた、侯爵ですって！　ええ、お逢いしてもよろしいって言って。私たちの噂を聞いた身分高い方にちがいないわ。
カトー：
そうね、お姉さま。
マドロン：
ここ、下の階でお会いしましょう。私たちのお部屋じゃないほうがいい。その前に髪をちょっと整えなきゃ、評判を落としちゃいけないもの。早く、こちらに魅力の助言者を持ってらっしゃい。
マロット：
何の事か一向に分かりません。ふつうの分かりやすい言葉で話してくださいまし、でないとちんぷんかんぷんで。
カトー：
手鏡を持ってきて頂戴。なんて無知なの、お前の顔を映して鏡を汚（よご）さないように注意おし。

第7場

マスカリーユ、二人の輿担ぎ人夫

マスカリーユ：
ほれ、駕籠かき、ほれ。おいおい何だ。お前ら、この私を壁と敷石にぶつけて、ぶっ壊す気か。

才女気どり　　95

第一の人夫：
へえ、何しろ入口が狭いもので。貴方さまがここから入れと言われるんですから。
マスカリーユ：
なるほど。下郎め、私のふっくらした羽根飾りを無情の雨にさらそうと言うのか。私の靴を泥にのめり込ませようというのか。ここでいい、さっさと立ち去れ。
第二の人夫：
だったら旦那、済みませんがお代を。
マスカリーユ：
何だと？
第二の人夫：
あのですね旦那、済みませんがお支払を。
マスカリーユ：相手を平手打ちし
何だと、ごろつき、私のような身分のものに金を請求するのか。
第二の人夫：
貧乏人にそんな払い方をするんですか。旦那のご身分てものがアッシたちにおマンマを与えてくれるとでも？
マスカリーユ：
よくもまあ。貴様、身の程を知らんか。駕籠かきごときが貴族の私に舐めた口をきくなどとは。
第一の人夫：輿の長柄を一本抜き出し
さあ、とっとと払いやがれ！
マスカリーユ：
何だと？
第一の人夫：
すぐに金を寄越せと言ってるんでえ。
マスカリーユ：
なるほど。
第一の人夫：
さあ早く。
マスカリーユ：
よしよし、もっともな言い草だ。だがもう片方は自分が何を言ったか分からないごろつきだ。そうれ。これでいいだろう。
第一の人夫：
いいや、よかあねえ。アンタは相棒にビンタをくらわした、だからよ……

マスカリーユ：
ま穏やかに。じゃ、いいかこいつは平手打ち代だ。お前ら、ちゃんとしてれば望み通りのものを呉れてやる。さあ、あとでまた私を迎えに来い、ルーブル宮へ国王陛下のお休み前のそば勤めに行かねばならんからな。

第8場

マロット、マスカリーユ

マロット：
旦那さま、うちのお嬢さま方がすぐに参りますそうで。
マスカリーユ：
そう急ぐ必要はない。私はここでゆったりとお待ち致す。
マロット：
見えました。

第9場

マドロン、カトー、マスカリーユ、アルマンゾール

マスカリーユ：挨拶した後
驚かれたことでしょう、この大胆な訪問に。だがこうしたご迷惑を致しますのも、ひとえに貴女がたの御評判ゆえ。お二人の素晴らしさが私を惹きつけ、やむに已まれず伺った次第です。
マドロン：
素晴らしさをお求めなら、もっと違う場所に行った方がよろしいですわ。
カトー：
この家で素晴らしいものを見つけようとするなら、ご自身でそれを連れて来なければなりませんわ。
マスカリーユ：
ああ！　私はその言葉を真っ向から否定します。轟く名声がお二人の価値をはっきりと物語っています。パリ中の麗しきもの全てが貴女がたにひれ伏すでしょう。
マドロン：
お愛想も過ぎると嫌味になりますわよ。気を付けねば。私も従妹（いとこ）も、貴方のお世辞の

才女気どり　　97

心地よさに釣られぬよう。
カトー：
お姉さま、椅子をお勧めしなければなりませんわ。
マドロン：
さあ、アルマンゾール！
アルマンゾール：
はい。
マドロン：
早く、ここに会話の便宜を運んできておくれ。
マスカリーユ：
でも、ここで私の身に危険はないでしょうか。
カトー：
何を恐れていらっしゃるの？
マスカリーユ：
私の心が盗まれまいか、私の自由が圧殺されまいか。何かを企む眼差し、私の自由を踏みにじり、魂をいたぶる眼差しがすぐ側(そば)に。それに近づけば、何と、殺意をもって襲ってくるのではないか。ああ断固警戒せねば、逃げ出さねば。さもなくば、その眼(まな)差しが私に何等悪さをしないという確実な保証をいただきたい。
マドロン：
とても陽気な方。
カトー：
アミルカル(*5) みたい。
マドロン：
ご心配なく。私たちの目によこしまなところはありません。貴方さまの心は安心してこの目の誠実さのもとで微睡(まどろ)むことができますわ。
カトー：
お願いです。貴方を腕に掻き抱こうと15分も待っている椅子の願いを聴き入れてやってください。貴方を抱きしめたいという望みを満足させてやって下さいませ。
マスカリーユ：髪をとかし、ズボンの膝飾りを整えた後で
ところでお嬢さまがた、パリは如何ですか？
マドロン：
ああパリについて、何と申し上げたらよいでしょう。パリが素晴らしいもの、よき趣味、気品と優雅さのお披露目の場でないと言うには、理性と真逆のものが必要ですわね。

マスカリーユ：
私に言わせれば、教養人にとってパリは掛け替えのない場所です。
カトー：
その通りですわ。
マスカリーユ：
確かに泥で汚れたところはありますが、輿を使えばよい。
マドロン：
輿は泥と無礼な天候を防ぐ素晴らしい砦ですものね。
マスカリーユ：
お二人の元を訪問される方々は多数おられるでしょう。どんな立派な方が皆さんのお仲間なのですか。
マドロン：
あら！　私たちまだ知られてはおりません。でもやがて知られるようになる見込みがございます。仲の良いお友達が居りまして、その方が約束してくれたのです、精選詞華集に載っている方々を全部ここに連れてきてくださるって。
カトー：
ご高名な批評の先生方も。
マスカリーユ：
それならこの私が万事取り計らいましょう。どなたも私のところに参ります。偉そうに言う訳ではありませんが、いつも私が目覚めると周りにそうした文化人が5、6人は控えているのです。
マドロン：
ああ、そうしたご好意をいただけるとしたら、何とお礼を申し上げればよいでしょう。私たち、立派な殿方とお知り合いにならねばなりません、社交界に入ろうとするのですもの。そうした方々こそ、パリで私たちが知られるきっかけを作って下さいます。才能のある素敵な女性だと噂が立つのも、鍵になる人物がお近くにいてこそですわ。でも何より大事なのは、そうした方に来ていただいて言葉を交わし、社交界で必要な知識や振舞いを十分に身に付けることです。日々毎日、知っておくべきことをどんどん吸収致します。新たに起こった恋の事件、韻文と散文での素敵なやり取り、その時々の話題になっていることごとくを。「誰それがかくかくのテーマで世界一素晴らしい一篇を書いた。かくかくの女性はこんな風にメロディーに詞をつけた。かくかくの紳士は快楽についての叙情短詩(マドリガル)を作った。かれこれの男性は女の不実に関する詩節(スタンス)を編んだ。なんとか言う紳士は昨日の晩、かんとかいう令嬢にあてて六行詩(シザン)を書いたが、お相手の方は今朝八時ごろ便りを返した。誰とかいう作家は何とかの着想を得た。

才女気どり　　99

別の作家は作品の第三部にとりかかった。某(なにがし)の新著は今印刷に回っている」こうしたことこそ文学の世界で価値あるものです。知らないままでは、どんな才能のある人であれ、それに相応しい待遇を得られないでしょう。

カトー：
そう、才能に自信があっても、日々生まれている四行詩(カトラン)をまるで知らないというのでは、相手にしてもらえません。知っていなければならないことを知らず、人から尋ねられたりしたら、世間の笑いものになってしまいますものね。

マスカリーユ：
確かに社交界での出来事を残らず知っていてこそ、恥をかかずに済みます。でもご心配なく。私はこのお宅に才人・才子の集まりの場を作ってさしあげます。約束しましょう、このパリでどんな詩も貴女が人に遅れて暗唱するようなことにはならないと。お察しでしょうか、私は興が乗るとちょとした作詩を試みるのです。パリの素晴らしい文学サロンで、私の作った200の歌詞(シャンソン)、同数のソネット、400の風刺詩(エピグラム)、そして何千もの叙情短詩(マドリガル)が、朗誦されているのがお判りになるはずです。謎なぞ詩(エニグラム)と人物描写詩(ポルトレ)は勘定に入れずともですよ。

マドロン：
私、人物描写詩(ポルトレ)がとても気に入ってます。あれほど洒落たものはありませんわ。

マスカリーユ：
人物描写詩(ポルトレ)は難しい、英知を必要とする。いずれ私が作ったものをお目に掛けましょう。

カトー：
私は謎なぞ詩(エニグラム)が大好き。

マスカリーユ：
それこそ頭脳を鍛えますからね。けさ私は四つ作りました、何なら、解いていただきましょうか。

マドロン：
うまく出来た叙情短詩(マドリガル)は素敵ですわね。

マスカリーユ：
得意中の得意です。頑張って全ローマ史を叙情短詩(マドリガル)で綴るつもりです。

マドロン：
ああ！　それは素晴らしいことですわ。もし出版なさるのでしたら、一冊購入させてください。

マスカリーユ：
貴女がたには一冊ずつ差し上げます、上製本で。私の身分ですべきことでないのです

がね。本屋に稼がせてやるために書くようなものです、なにしろ急かされてまして。
マドロン：
ご本になったものを見るのはさぞかし嬉しいことでしょうね。
マスカリーユ：
ええ確かに。さて、貴女のために朗誦致しましょう。昨日訪問した懇意にしている公爵夫人のお邸で作った即興詩(アンプロンプト)を。私は即興詩にはとても強いのです。
カトー：
即興詩はまさしく精神の試金石ですわ。
マスカリーユ：
では聞いてください。
マドロン：
耳をそばだててお聞きします。
マスカリーユ：
嗚呼(ああ)、噫(あ)！
私は油断していたのか
無心で私は貴方に見入る
すると貴方の瞳はこっそりと私の心を盗む
盗人(ぬすびと)、盗人(ぬすびと)、盗人(ぬすびと)、恋盗人(こいぬすびと)！
カトー：
ああ！　えも言われぬエスプリ。
マスカリーユ：
私が作るものは自由奔放を旨とします。奇や衒(てら)いとは無縁です。
マドロン：
2000キロ以上衒いから離れてますわ。
マスカリーユ：
お気づきですか、この詩の初めの部分。嗚呼、噫！　いいでしょう。嗚呼、噫！　天啓のようにひらめくことば。嗚呼、噫！　驚きの、嗚呼、噫！
マドロン：
ええ、その嗚呼、噫！ってみごとだと思いますわ。
マスカリーユ：
いや大したことはないかも。
カトー：
何をおっしゃいます。それこそ価値が告げられないほどのものです。

マドロン：
そうですわ。私もこの嗚呼、噫！　で始まる叙情詩を作りたかった。叙事詩じゃダメ。
マスカリーユ：
いやいや。貴女は良い趣味をお持ちだ。
マドロン：
さほど悪くはないと思っております。
マスカリーユ：
でもこちらは褒めて頂けませんか。*私は油断していたのか*　私は油断していた、というのは自分では気づかなかったという意味です。自然な表現でしょ。*私は油断していたのか。無心で、*とは無邪気に、悪意なく、哀れな羊のように、の意味です。*私は貴方に見入る、*それはすなわち私は貴方のことを考えて心愉しむ、私は貴方を見つめたまま心を囚われるの意味です。*貴方の瞳はこっそりと*……このこっそりと言う言葉をどう思います？　うまく選ばれていやしませんか？
カトー：
ええとても。
マスカリーユ：
こっそり、足を忍ばせてということです。ハツカネズミを取りに来たネコのようでありませんか。こっそり。
マドロン：
それ以上の言葉はなさそうですわ。
マスカリーユ：
*私の心を盗む、*それは私の心を奪い、私から心を持ち去るということ。*盗人、盗人、盗人、恋盗人！*　人が泥棒を追ってそいつを捕まえようとするときの叫び声が彷彿としてはいませんか？　*盗人、盗人、盗人、恋盗人！*
マドロン：
心に響く優雅な表現だと言わざるを得ません。
マスカリーユ：
貴女にお聞かせしたい、この句に私がつけた曲を。
カトー：
音楽もたしなまれるのですか？
マスカリーユ：
私が？　全然。
カトー：
それで一体どのようにして曲ができるのです。

マスカリーユ：
貴族たるものは習わずとも何でもやることができるのです。
マドロン：
そうですわね。
マスカリーユ：
その曲が貴女のお好みに合うかどうか、聴いてみてください。うっふん。ラ・ラ・ラ・ラ・ラ。急に気候が変わって、私の繊細な声帯が損なわれました。でも構いません、無理せず歌いましょう。
(彼は歌を唄う)
嗚呼、噫！　油断していた……
カトー：
ああ、なんて情熱的な調べ！　眩暈しそう。
マドロン：
半音階が入ってますね。
マスカリーユ：
この節に気持がにじみ出ていませんか？　盗人！……　これを、人は極めて強く叫ぶはずです。ぬ、ぬす、ぬすびと！　すると突然、息切れした人のように：恋盗人！
マドロン：
ここに人生の全てが集約されているわ。あらゆる事実、真実、真相、真理が。全く素晴らしい、はっきりそう申し上げます。自分でもこの曲と詞に感動しています。
カトー：
こんな力強い詩、初めて。
マスカリーユ：
私がすることは全て、技巧なしにひとりでに生まれるのです。
マドロン：
自然が情熱的な母親さながら、貴方を扱うのですね。そして貴方さまは甘やかされたその子供なのですわ。
マスカリーユ：
普段どんな風に時間を過ごしていらっしゃるのですか？
カトー：
べつにこれといったことは。
マドロン：
これまで気晴らしに縁がありませんでした。

マスカリーユ：
ではいつかお芝居にお連れ致しましょう、お望みならば。私は新作を見に行かねばなりません、ご一緒できれば大いに嬉しく思います。

マドロン：
ありがとうございます。

マスカリーユ：
でもお願いです、むこうに着いたら然るべく拍手喝采してください。私は作品を褒めてやらねばなりません。作家がけさ頼みに来たのです。それがしきたりなのです、我々貴族のところに作家たちが自分の新作を読みにやって来る。我々に素晴らしいと言ってもらい、自作の評判を高めようとするのです。我々が何か言ったらもう、平土間の観客が反対の意見を持つことなどできやしません。私は几帳面なたちで、作家に一度約束したならば、常に叫んでやるのです「素晴らしい出来だ！」って。そうです、劇場の開幕用のろうそくがともされる前から。

マドロン：
仰せの通りに致しますわ。パリは素晴らしい場所、どんな才女でも田舎にいては知りえない何千ものことが毎日起こっているのですね。

カトー：
承知しました。私たちお指図通り、必要に応じ必要なだけ叫ぶことと致します。

マスカリーユ：
ひょっとして、貴方がたはお芝居の心得があるのでは。

マドロン：
かもしれません。

マスカリーユ：
ぜひ見せていただきたいたいものですな。実は私も、上演してもらいたい作品を一つ作ったのですよ。

カトー：
あら、貴方はそれをどの俳優に充てて書いたのですか？

マスカリーユ：
的を射たご質問です。オテル・ド・ブルゴーニュ座(*6)の連中です。彼等しかいません。ほかの役者連中は無知蒙昧で、ただただ台詞を暗唱して喋るだけですからね。詩を朗誦する術を知らないのです。ここぞという箇所で間を置くことをしないのです。俳優が然るべき処で一拍置かねば、聞かせどころが何処か、どこで拍手喝采したらよいか分からないでしょう。

カトー：
お芝居には見せ方があるのですね。何事も人がそれを引きたたせてはじめて、価値を生むのですね。
マスカリーユ：
この私の装身具如何でしょう。衣装によく合っていると思いませんか。
カトー：
ええ。
マスカリーユ：
リボンも旨く選ばれているでしょ。
マドロン：
とてもよいです。これはペルドリジョン(*7)の店のものですね。
マスカリーユ：
ズボンの飾りはどうですか？
マドロン：
とてもよいご趣味。
マスカリーユ：
少なくとも私は自慢できます、このズボン飾りはどこのものよりずっと房が長いのです。
マドロン：
ええ、今まで見たことございませんわ、こんな優雅な身づくろいは。
マスカリーユ：
ちょっとこの手袋の匂いを嗅いでみてください。
マドロン：
とてもよい匂い。
カトー：
香りの調合具合が絶妙ですわ。
マスカリーユ：カツラを示し
こちらはどうです。
マドロン：
とてもよいお品。頭がくらくらするほど。
マスカリーユ：
羽根飾りについては何も申されませんね。どうお思いになります。
カトー：
たまらぬほど綺麗。

才女気どり　105

マスカリーユ：
この細い羽先一本が１ルイ金貨分するのをご存じですか。
私は、美しいものすべてを偏愛したいと思っております。
マドロン：
貴方さまと私たちって、きっと気が合うはずですわ。私は自分の持つものに大いに気を使っています。だから靴下に至るまで、よい職人の手によるものでないと我慢できないのです。
マスカリーユ：突然叫んで
あー。いや、お手柔らかに。お嬢さま方、そんなやり方ってありますか。貴方がたのやり口に私は文句を言いたい。それってずるい。
カトー：
一体何ですか、どうしたの？
マスカリーユ：
どうしたですと？　貴方がた二人は私の心に同時にいたずらをなさった！　あちこちと私を攻撃した！　それって人の道に反します。勝負にならないのは分かっているはず。お恨み申し上げますよ。
カトー：
この方って変わったやり方で気持をお示しになるのね。
マドロン：
精神に素晴らしい表現を溜めてあるのよ。
カトー：
貴方は心を痛めるよりまず恐れるのですね。胸を突かれる前に叫ぶのですね。
マスカリーユ：
何ということを！　頭の先から足の先まですでに心は傷つきました。

第10場

マロット、マスカリーユ、カトー、マドロン

マロット：
お嬢さま、お目に掛かりたいと言う方が。
マドロン：
どなた。

マロット：
ジョドレ子爵と申されます。
マスカリーユ：
ジョドレ子爵？
マロット：
はい。
カトー：
お知り合いですか？
マスカリーユ：
私の親友です。
マドロン：
すぐに入っていただいて。
マスカリーユ：
久しく会っていない、奇遇だ。
カトー：
見えました。

第11場

ジョドレ、マスカリーユ、カトー、マドロン、マロット

マスカリーユ：
ジョドレ子爵！
ジョドレ：互いに抱擁し合って
これは。マスカリーユ侯！
マスカリーユ：
再会できて何と幸せなことか。
ジョドレ：
ここで会えて如何に嬉しいことか。
マスカリーユ：
ともかくいささかの接吻を。
マドロン：
ねえ、私たち知られ始めてきたのよ。身分ある方々がこうして会いに来てくださるのですもの。

マスカリーユ：
お嬢さま方、ご紹介することをお許しください。私の言葉を信じて下さるなら、こちらは知り合うに足る価値をお持ちの方です。
ジョドレ：
貴方がたに当然払わねばならない敬意を表(ひょう)しに伺いました。お二人の魅力はあらゆる種類の人間に対し君主の権利を行使します。
マドロン：
敬意も払い過ぎるとお追従になりますわよ。
カトー：
今日という日は私の暦に至福の日として記録されるわ。
マドロン：
ほらマロット、気が利かないわね。肘掛椅子をもう一つ持ってらっしゃい。
マスカリーユ：
子爵を見てそんな風に驚かないでください。青白い顔つきは、病が癒えたばかりだからです。
ジョドレ：
宮廷での苦労と戦いでの疲れのせいなのです。
マスカリーユ：
いいですかお嬢さま方、目の前にいるのは当代きっての荒武者。この子爵は名にし負う勇士です。
ジョドレ：
侯爵、そんなに持ち上げないで下さい。貴方だってそれぐらいのことはしているではありませんか。
マスカリーユ：
そうでした、我々はあの折に知り合ったのですからな。
ジョドレ：
そう、あそこは本当に暑い所でした。
マスカリーユ：二人の娘を見つめながら
ええ。でもここほどは熱くなかった。は、は、は。
ジョドレ：
我々は軍隊で知り合ったのです。初めて会った時、この方はマルタのガレー船で騎兵連隊を指揮[*8]していました。
マスカリーユ：
その通り。でも私が任官するより先に、貴方は軍務についておられた。思い出します、

私が新米将校でしかなかったとき、貴方はすでに二千騎を率いていた。
ジョドレ：
戦さは働き甲斐のある仕事です。だが今日、宮廷は我々のような武人に報いることが少ないようだ。
マスカリーユ：
だから私は軍務を諦めねばならないと思っている。
カトー：
私は戦いの場に出る方々に深い敬愛の念を抱いておりますわ。
マドロン：
私も。勇敢さに洗練さがあるのが一番すばらしい。
マスカリーユ：
子爵、思い出さないだろうか、アラスの攻囲戦で我々が敵から奪い去った半月堡のことを。
ジョドレ：
半月って何のことで？ あのときは満月だったが。
マスカリーユ：
そうかも知れない。
ジョドレ：
私は当然よく覚えている。そこで脚に手榴弾をお見舞いされた。まだ傷跡が残っている。ちょっと触ってみてください、何かやられた跡が感じられるでしょう、そこに。
カトー：
ひどい負傷だったのですね。
マスカリーユ：
ちょっと手を貸して、ここを触ってみてください、そこを。首の後ろのところ、分かりますか。
マドロン：
はい、何かあります。
マスカリーユ：
銃の一発。参加した最後の戦闘で受けたものです。
ジョドレ：
もう一か所あります、グラヴリーヌの攻撃での貫通銃創です。
マスカリーユ：自分のズボンのボタンに手を置いて
私は貴女にひとつ、ものすごい傷跡をお見せしましょう。

マドロン：
もう結構です、それを見ずとも私たちちゃんと信じます。
マスカリーユ：
私がどんな人間かはっきり示す名誉の傷跡です。
カトー：
貴方さまが立派な武人であることをつゆ疑いません。
マスカリーユ：
子爵、四輪馬車でいらしたのかな？
ジョドレ：
何故そのようなご質問を。
マスカリーユ：
この御婦人がたを戸外の散歩にお連れしてはどうかと思って。気晴らしを与えて差し上げたい。
マドロン：
私たち、今日は外出できませんのよ。
マスカリーユ：
だったら踊りをしましょう、バイオリンを呼んで。
ジョドレ：
それはいい。
マドロン：
宜しくてよ。でしたらいくらか余分なお仲間が必要になりますわ。
マスカリーユ：
ごもっとも！　おい、シャンパーニュ、ピカール、ブルギニオン、カスカレ、バスク、ラ・ヴェルデュール、ローラン、プロバンサル、ラ・ヴィオレット[*9]。くそ、どいつもこいつも！　この私ほど家来運の悪い貴族は他にいません。ごろつきどもが私をいつも一人に放っておくのですよ。
マドロン：
アルマンゾール、御前さまのご家来の方々に、バイオリンを探しに行くよう伝えてちょうだい。それとご近所の紳士淑女がたをここへ来させましょう、私たちの舞踏会を賑わすために。
マスカリーユ：
子爵、お二人の瞳、どう思われる？
ジョドレ：
貴方自身は、侯爵、どうお感じですか？

マスカリーユ：
私ですか。ここから無事に出てゆくのに苦労しそうですな。少なくとも、常ならざる衝撃を受けました。風の前の灯火(ともしび)に似て。

マドロン：
何とまあ自然なおっしゃりよう！　このお方は言葉をこの世で一番軽やかに操るのね。

カトー：
言葉をとことん突き詰めていらっしゃるのだわ。

マスカリーユ：
私に嘘偽りがないのを皆さんに示すために、即興詩を朗じたく存じます。

カトー：
ぜひお願いします。何か心が戦慄(おのの)くようなものを。

ジョドレ：
私も御同様に致したい。ですが私はいま詩的感興という意味では気分が乗らないのです。先日してもらった大量の瀉血(しゃけつ)のせいです。

マスカリーユ：
どうしたのだろう？　詩の出だしはすぐに浮かぶのですが、でも今日はその後がなかなか。こうして急(せ)こうとするとどうも。いずれゆっくり即興詩は作ることに致しましょう、きっと世界で一番美しい作品となるでしょう。

ジョドレ：
侯爵の才知にご期待あれ。

マドロン：
感性と知性にも。

マスカリーユ：
ところで子爵、例の伯爵夫人にはしばらく会っておられないかな？

ジョドレ：
この前お会いしてからもう三週間が経つ。

マスカリーユ：
そういえば、殿下が今朝がたうちに来られ、鹿狩りをしないかと誘われた。

マドロン：
あら、皆さんがいらしたわ。

才女気どり

第 12 場

　　　ジョドレ、マスカリーユ、カトー、マドロン、マロット、ルシール

マドロン：
あら皆さま、ごめんなさいね。ここにいらっしゃるお殿様たちが勿体なくも、私たちに音楽の慰めを与えてやろうと仰って。それで催しがにぎやかになるよう皆さまをお呼び致しました。

ルシール：
それはありがたいことです。

マスカリーユ：
今回はバタバタしますが、そのうちにいつかきちんとした舞踏会を催しましょう。バイオリンは集まりましたかな？

アルマンゾール：
はい、御前さま。控えております。

カトー：
では参りましょう、皆さん。位置について。

マスカリーユ：前奏に合わせるがごとく一人で踊る
ラ、ラ、ラ、ラ、ラ、ラ、ラ、ラ。

マドロン：
体の線が実に優美。

カトー：
身のこなしが素晴らしい。

マスカリーユ：マドロンの手を取り
軽やかにステップを踏んでクーラントを踊りましょう。リズムを合わせて、バイオリン、リズムを合わせて。おい、何たる無知！　そんなんでは踊れない。悪魔に食われちまえ！　テンポをとることを知らんのか？　ラ、ラ、ラ、ラ、ラ、ラ、ラ、ラ。しっかりしろ、ああ、この田舎バイオリン。

ジョドレ：続いて踊りながら
こら、テンポをそんなに上げるな。私はまだ病が癒えていないのだ。

第13場

デュクロワジー、ラグランジュ、マスカリーユ　その他

ラグランジュ：
ああ、あ！　ろくでなし、ここで何をしとる？　三時間もまえから探しておったんだ。
マスカリーユ：うち叩かれ
いたい！　痛い、痛い！　こんなに強く殴るなんて打合せにないですよ。
ジョドレ：
痛い！　痛い！　痛い！
ラグランジュ：
破廉恥漢め、これは貴様に対する罰だ。ご大層な人間になろうとする奴めが。
デュクロワジー：
こうして貴様に教えてやるのだ、己を知る術をな。

第14場

マスカリーユ、ジョドレ、カトー、マドロン　その他

マドロン：
一体これどういうこと。
ジョドレ：
無謀極まりない。
カトー：
どうして。あんな風にされたままでいるなんて！
マスカリーユ：
いや、敢えて抵抗することはしないのです。一度爆発すると、自分が抑えきれなくなる性質(たち)なので。
マドロン：
私たちがいる前で、あんな侮辱に耐えられて？
マスカリーユ：
どうってことはありません。さあ続きをやりましょう。
ずっと前から奴らとは知り合いなのです。仲間同士の間では、ちょっとしたことで気分を損ねたりしません。

第15場

デュクロワジー、ラグランジュ、マスカリーユ、ジョドレ、マドロン、カトー
　　その他

ラグランジュ：
こら、ならず者め、貴様らの好きにさせてたまるか。(従士を呼び入れる) さあ入れお前たち。

マドロン：
一体何なの。ひとの家に無断で入って騒ぎまわるなんて。

デュクロワジー：
では、お嬢さま方。召使が主人以上に大切にされるのをおめおめ見ておれと言うのですか。主人の金で奴らが愛を語り、貴方がたに舞踏会を催すのを？

マドロン：
召使ですって？

ラグランジュ：
ええ、奴らは私たちの雇われ人です。貴方がたがなさっているように下男風情をいい気にさせるなんて、褒められることではないでしょう。

マドロン：
あらまあ、なんてこと！

ラグランジュ：
奴らが勝手に私たち主人の衣装を身に着け、貴方がたの目を引く権利などつゆありません。もし奴らを愛しく思われるなら、たっぷりその眼差しにでも見入(いと)ってください。さ早く、こいつらの衣服をはぎ取れ。

ジョドレ：
さらば、わが煌(きら)めきの衣よ。

マスカリーユ：
こうしてありがたき爵位は地に落ちた。

デュクロワジー：
へっ、ろくでなしめ。お前らは大胆にも御主人さまの領分に踏み込んできた！　とっととどこかへ行って、ちやほやしてくれる女でも探すんだな。

ラグランジュ：
人を出し抜いて、儀式用の衣装を身に着け、主人にとって代わろうなんてとんでもない。

114

マスカリーユ：
おお、運命の女神よ、なんとつれないことか。
デュクロワジー：
早く、最後のものまで全部剥ぐのだ。
ラグランジュ：
紐一本まで残すな、急いで。さて、お嬢さま方、こいつらの正体が分かっても、好きなだけこいつらと恋を続けることができますよ。貴方がたに勝手気ままな自由をさしあげましょう。そして私もわが友も、そのことで一切妬いたり致しません。
カトー：
ああ何てこと！
マドロン：
悔しさではちきれそう。
バイオリン：侯爵に
これは一体どうしたことです。誰が支払ってくれるのです？
マスカリーユ：
子爵様にお尋ねしな。
バイオリン：子爵に
誰がお支払くださるので？
ジョドレ：
侯爵さまにお聞きしろ。

第16場

ゴルジビュス、マスカリーユ、マドロン　その他

ゴルジビュス：
ああ！　お前らはなんというろくでなしだ、ワシを窮地に陥れてくれた、見ての通り！　そしてワシは今しがた出て行ったばかりの紳士がたからまこと結構なことを教わった！
マドロン：
ああお父さま。あの方たち、私たちにひどい仕打ちをなさいました。
ゴルジビュス：
なるほど、ひどい仕打ちかもしれん。だがそれはお前たちの不届きの結果だ、馬鹿者めが！　あの人たちはお前らがした無礼を忘れずにいる。それで、ああワシはなんと

不幸なのだ、ワシは侮辱を甘んじて受けねばならない。
マドロン：
もう！　この仕返しはきっとしますからね。でなければ私、悔しさで死んでしまいます。ちょっとアンタたち、ろくでなし。こんなひどい事をして、まだここに居座るつもり。
マスカリーユ：
そんな風に侯爵を取り扱うとは！　世の中ってこんなもんか。風向きが変わると、慕われていた女に掌を返される。さあ仲間よ、行こう。別のところに運を探しに。私には良く分かった、ここでは空しい外観しか愛されることはないと、そして人はありのままの素の美徳を慮ることなどないと。
（二人とも出てゆく）

第 17 場

ゴルジビュス、マドロン、カトー、バイオリン奏者たち　その他

バイオリン：
旦那さま、ここで演奏しました分、頼んだお方がいなくなったのですから、代わりに貴方さまに頂戴致したく存じますが。
ゴルジビュス：バイオリン奏者たちをうち叩いて
よし、よし、満足させてやろう。ほらこれがお前らにワシが払う報酬だ。そして貴様たち、このバカ女め。ワシがなぜお前らにこいつらにするのとおなじ仕打ちをしないのか、自分でもよくわからん。お前らは世間に物笑いと嘲りの種を提供してくれた、そしてこれこそお前らが自らその突飛さでもって招きよせた結果だ。身を隠すしかないぞ、このバカどもめ。どこにも出るな。それから、この娘たちをのぼせ上がらせ、愚かなたわごとを言わせ、暇に任せ心を勝手気ままな空想に委ねさせた貴様ら。そうだ、詩も歌も小説も、ソネットもバラードも皆、とっとと悪魔に食われちまえ！

（幕）

---

*1　スキュデリー嬢（17c）の小説『偉大なるシリュス』の主人公。
*2　スキュデリー嬢の小説『クレリー』の主人公。
*3　クレリーが描いた「恋愛地図」に出てくる地名。

*4 『「偉大なるシリュス」の哲学』を間違って覚えている。意訳した。
*5 『クレリー』の登場人物。
*6 モリエール一座の対抗劇団。大芝居に対する皮肉。
*7 当時の有名店。
*8 船に騎兵隊はそぐわない。知識の無さを象徴。
*9 出まかせで、人名と地名が入り混じっている。

モリエール
嫌々ながら医者にされ

[ものがたり]
木こりのスガナレルは大酒のみで、女房のマルチーヌと諍いを起こす。うち叩かれたマルチーヌは恨み骨髄。復讐の方法を考えているところに、名医を探しにヴァレール、リュカの二人がやってくる。マルチーヌは木こりに身をやつした名医がいると相手を信用させる。二人は喜び勇んで主人のジェロントに報告。「名医」スガナレルは口のきけなくなった令嬢リュサンドを治療することとなる。実はリュサンドは恋人のレアンドルに会いたくて仮病を使っていたのだ。それを知ったスガナレルはレアンドルと示し合せ二人を出奔させる。リュカの告げ口でバレ、スガナレルは首つりの危機に陥る。そこにレアンドルが戻ってきて、叔父の遺産が入りお嬢さんをいただける資格ができましたと、ジェロントに告げる。目出たさに免じ、スガナレルは罪を許される。

【登場人物】

スガナレル………木こり、マルチーヌの夫
マルチーヌ………スガナレルの妻
ロベール氏………スガナレルの隣人
ヴァレール………ジェロントの召使
リュカ……………ヴァレールの相棒、ジャクリーヌの夫
ジャクリーヌ……ジェロント家の乳母、リュカの妻
ジェロント………金持ち、リュサンドの父
リュサンド………ジェロントの娘
レアンドル………リュサンドの恋人
チボー……………百姓、ペランの父
ペラン……………チボーの息子

【人物関係図】

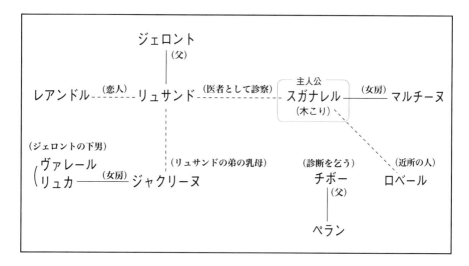

第一幕

第1場

スガナレル、マルチーヌ

　　口論しながら舞台に登場

スガナレル：
いいや、ゼッタイにそんなことしたくない。俺がそう言っているのだ、亭主であるこの俺が。

マルチーヌ：
いいから、言うことを聞いておくれ。好き勝手させるためにアンタと結婚したんじゃないよ。

スガナレル：
女房をもらうってのは大した気苦労だぜ。アリストテレスは旨い事を言ったもんだ。女房なんてもんは悪魔より始末が悪いってな。

マルチーヌ：
何がアリストテレスだい。知ったかぶりして。

スガナレル：
知ったかぶりじゃない。俺のように物の道理をわきまえている薪造りがいるか。6年も有名なお医者にお仕えして、若いときにはラテン語の格変化だって言えたんだぞ。

マルチーヌ：
莫迦(ばか)らしい。

スガナレル：
バカとは何だ。

マルチーヌ：
ついお前さんの口車に乗せられちまったことが呪わしいやね。

スガナレル：
つい公証人の言うがまま俺の破滅の元に署名しちまったのが悔やまれるぜ。

マルチーヌ：
文句をいうなんざ天に向かって吐いた唾さ。アタシを女房にできただけで神さまに感謝しなけりゃならないはずだ。だいたいアタシのような女と結婚する資格がアンタにあると思ってるのかい。

スガナレル：
まこと結構でございますな、俺はあの初夜のことを大いにありがたがらねばならないわけだ。へっ、くそったれ。これ以上言わせるのか。俺は知ってるんだぜ……。

マルチーヌ：
何だって。何が言いたいのさ。

スガナレル：
いやいや、この件はよそう。お互い知っていることを知っていて、お前が俺に出会えて幸せってことでいいだろう。

マルチーヌ：
アンタに会えたことで何が幸せだっていうのさ。ヒトを貧乏のどん底に落とし、放蕩三昧、無頼放題してるくせに。アタシの持ってるものを残らず食っちまって。

スガナレル：
お前は間違ってる。ちょっと失敬しただけだ。

マルチーヌ：
いつの間にか、この家にあるアタシのものを全部、売り払って。

スガナレル：
家財道具を売りゃ生活できるってわけだ。

マルチーヌ：
アタシのベッドまで取っ払っちまって。

スガナレル：
それで早起きできるだろ。

マルチーヌ：
揚句この家には家具なんてものは何もなくなっちまった。

スガナレル：
おかげで引越しが楽ってもんだ。

マルチーヌ：
朝から晩まで、ぐだぐだ酒と博打に明け暮れて。

スガナレル：
退屈しないで済むわな。

マルチーヌ：
その間、家族はどうすりゃいいんだい。
スガナレル：
好きにしな。
マルチーヌ：
四人も小さな子を抱えているんだよ。
スガナレル：
だったら下に置け。
マルチーヌ：
いつもひもじくてパンをくれって喚(わめ)いてるんだ。
スガナレル：
なら鞭でも一発くれてやれ。俺さまがたっぷり飲んでたっぷり食ったあとにゃ、家の者はみなその分たらふくの満足を味わってもらわなきゃな。
マルチーヌ：
この大酒のみ、アンタいつまでもこんなことが続くと思ってるのかい。
スガナレル：
女房殿よ、すこし穏やかにしたらどうだ。
マルチーヌ：
この放蕩三昧にずっと耐えろと言うのかい。
スガナレル：
そう怒るな。
マルチーヌ：
アンタがしなきゃならないことを無理やりやらせる方法だってあるんだよ。
スガナレル：
女房よ、俺は我慢強くない。腕っぷしが強いってこと、知ってるだろ。
マルチーヌ：
脅しには乗らないね。
スガナレル：
愛(いと)しい俺の奥さまよ。いつものように、お前の肌はむずがゆがっているようだな。
マルチーヌ：
アタシャ何言われたって全然恐くなんかないんだ。
スガナレル：
俺の愛しいつれ合いよ、お前は俺さまから何か一発いただきたいようだな。

マルチーヌ：
脅しになんか乗るもんか。
スガナレル：
心底大事に思う相手を、俺は殴らにゃならんのかい。
マルチーヌ：
アル中。
スガナレル：
殴るぞ。
マルチーヌ：
酔っ払い。
スガナレル：
痛めつけるぞ。
マルチーヌ：
破廉恥漢。
スガナレル：
思い知らせるぞ。
マルチーヌ：
このろくでなし、嘘つき、詐欺師、ならず者、卑怯者、裏切り者、極悪人、下司下郎、浮浪者、くそ泥棒……。
スガナレル：（棒でもって、女房に一発お見舞いする）
ほら、どうだ。
マルチーヌ：
あ痛、たった、あっ。
スガナレル：
これがお前を黙らせる一番の方法だ。

第2場

ロベール氏、スガナレル、マルチーヌ

ロベール氏：
ちょっと、ちょっと。まあ、どうしたんです。何てことを。よりによって、こんな風に奥さんをうち叩くとは。

マルチーヌ：手を脇腰に、相手に迫り、あとずさりさせる。揚句一発お見舞いする。アタシャ、ぶっ叩かれたいのさ。

ロベール氏：
いや、それは存じませず。

マルチーヌ：
何でからんでくるんだい。

ロベール氏：
失礼しました。

マルチーヌ：
アンタの関わりごとかい。

ロベール氏：
仰る通りで。

マルチーヌ：
なんだい、このおせっかい。亭主が自分の女房を叩くのを止めるなんざ。

ロベール氏：
済みません。

マルチーヌ：
それでアンタはどんな用があるんだい。

ロベール氏：
何も。

マルチーヌ：
口出しする権利があると言うのかい。

ロベール氏：
いいえ。

マルチーヌ：
自分のことに構いな。

ロベール氏：
一言(いちごん)もありません。

マルチーヌ：
アタシャ亭主にぶんなぐられたいのさ。

ロベール氏：
そうでございましょう。

マルチーヌ：
アンタが痛い目にあうわけじゃないだろ。

嫌々ながら医者にされ

ロベール氏：
その通りで。
マルチーヌ：
自分に関係ないことに割り込むなんて、アンタ馬鹿かい。
ロベール氏：このあと亭主の方に向く。亭主もロベール氏を後ずさりさせながら同じく棒で叩き、悪態をつき、退散させる。
ご同輩、心よりお詫びします。ど突いて、殴って、叩けばいい。気の済む分だけ女房を。お望みとあらばお手伝いします。
スガナレル：
有難迷惑だ。
ロベール氏：
それはどうも。
スガナレル：
俺は好きな時に、あいつをうち叩く。叩きたくなけりゃ、しないまでさ。
ロベール氏：
なるほど。
スガナレル：
俺の女房だ、お前のじゃない。
ロベール氏：
お説ごもっとも。
スガナレル：
俺に指図などするな。
ロベール氏：
分かりました。
スガナレル：
お前の助けなど要らない。
ロベール氏：
本当に。
スガナレル：
大体、無礼極まりない。他人に口出しするなんて。キケロが言ってるだろ、木と指の間に樹の皮をさしはさむなとな [*1]、馬鹿野郎め。
（次に女房の方に行き、手を握りしめ、こう言う）
さあ、仲直りしよう。握り返してくれ。

126

マルチーヌ：
何だよ。さんざんぶっ叩いておきながら。
スガナレル：
どうってことないだろ。さあ握ってくれ。
マルチーヌ：
嫌だね。
スガナレル：
ほら。
マルチーヌ：
嫌だ。
スガナレル：
女房どの。
マルチーヌ：
ぜったい。
スガナレル：
なあ、俺が頼んでるんだ。
マルチーヌ：
何もするもんか。
スガナレル：
さあ、さあ。
マルチーヌ：
いやだ、腹が立つったらありゃしない。
スガナレル：
意固地になるな。ほら、ほら。
マルチーヌ：
放っといておくれ。
スガナレル：
握ってくれよ、頼む。
マルチーヌ：
ひどくぶちのめしたじゃないか。
スガナレル：
いやいや。悪かった謝る、握手しよう。
マルチーヌ：
ならまあ、許してやるよ。（次の台詞は小声で）でも必ず仕返ししてやる。

スガナレル：
こんなことにこだわるなんて、お前バカか。仲のいい同士に時々必要な気付け薬じゃないか。棒の5、6発は、睦まじくしている者同士の愛情を深くするかすがいさ。さあ、俺は森に行ってくら。今日は薪束を100も作るって約束するぜ。

第3場

マルチーヌ：一人で
いくら言いくるめたつもりでも、アタシは恨みを忘れやしないからね。アンタが恵んでくれた棒叩きのお返しを何とかして見つけてやる。女ってものは、亭主に復讐する手段にゃ事欠かないものさ。でもそんな当たり前の奴じゃ手ぬるい、あのバカ野郎には、もっと骨身にしみる罰を与えてやらなきゃ。アタシの恨みは、そんなもんで満足できやしない。

第4場

ヴァレール、リュカ、マルチーヌ

リュカ：
ほんに全く、とんだ用事を仰せつかったもんだぜ。俺にはわからねえ、どうやって探したものか。
ヴァレール：
そんなこと言ったって、乳母さんの旦那さんよ。ご主人さまには従わなきゃなるまい。それにお互い、お嬢さま、つまり俺たちがお仕えするお方だが、あの方が元気になれば、俺たちも得をする。ご病気で延ばされている結婚が整えば、ご祝儀がいただけるはずだ。お嬢さまのぴか一の花婿候補オラースさまは、気前のいい方だからな。お嬢さまがレアンドルだか何だかに気を惹かれておられようと、お父上はそいつを婿として迎え入れることをまるで考えておられん。
マルチーヌ：ぼーっとしたまま脇台詞を吐く
アイツに復讐してやるのに何か旨い方法はないものだろうか。
リュカ：
それにしても、何でこんな思いつきを旦那さまはされたのだろう。だってよ、今までどの医者も、お嬢さまの病気をうまく説明できなかったじゃないか。

ヴァレール：
一生懸命探し回ってりゃ、前には見つからなかったものが見つかることだってある。どこか思いがけない場所で……
マルチーヌ：
そうさ、どれだけ面倒だろうと、アイツに復讐してやるんだ。あの棒打ちが心に刺さってる、絶対に忘れたりしない。それで……（この言葉を半ば放心したまま言うが、二人の男に気づかず、そのため向きを変えた時二人にぶつかる）あら！　旦那方、申し訳ございません。考えごとをしてまして、気がつきませず。
ヴァレール：
誰でも考えごとをするものです。ワシらも御同様に、探し物をどう見つけたらよいか考えあぐねていました。
マルチーヌ：
何かアタシでお役にたつことでもあれば。
ヴァレール：
そう願えればありがたい。実はご婦人、きわめて腕のいいお医者さまを探し廻っているのです。うちの主人のお嬢さまを治してくださるお医者さまを。何しろお嬢さまは急にわけの分からない病に罹り、言葉がまったくしゃべれなくなってしまいまして。いろいろなお医者がありとある医術を施しましたが無駄でした。それでもどこかに、秘められた技(わざ)をお持ちの方がいらっしゃるはずです。何か特別の治療法を心得ている方が。そうしたお医者さまであれば、他ではなし得なかった処方をいとも速やかに致してくださるのではないかと。それこそがまさにワシらが探しているものなのです。
マルチーヌ：最初の言葉は小声で
ああ！　あのろくでなしに復讐してやる素晴らしい機会を天はアタシに下さった。（声高に）願ったり叶ったり、お探しのものにピッタリのお人がおられます。見放された病を治す世界最高のお医者さまです。
ヴァレール：
それは有難い、どこへ行ったらその方にお会いできますか。
マルチーヌ：
あの辺り、すぐあそこで、その方を見つけられます。何しろ木を切ったり束ねたりが好きなもので。
リュカ：
木を切るのが好きなお医者ですと。
ヴァレール：
薬草でも集めて楽しんでらっしゃる、と言われるのですか。

マルチーヌ：
いいえ。何しろ変わったお方で、薪を集めるのが趣味なのです。気まぐれ、偏屈、むら気なお人で、あの方がお医者だなんて絶対に分からないでしょう。似つかわしくない服装をしていて、人から愚かに見られるのが大好きで、学のあるのを包み隠して、いつもいつも、医学のために天から与えられた素晴らしい才能を使うことから逃れようとするのです。
ヴァレール：
そいつは結構なことで。気まぐれな性格は、立派な方につきもの。そうした方の学問には酔狂の種がいくらか混じってるんでしょう。
マルチーヌ：
あの方の酔狂は人が考える以上のものがあります。ぶっ叩かなきゃいつまで経っても本当の才能を見せてはくれません。一言申し上げれば、あの方を気ままな状態に置いていたままでは、皆さんがたは決して目的を達せられませんし、あの方も決して自分が医者だなどと白状しないはずです。ですからお二人とも棒を振り上げ思いっきり打つことです。隠していたものを白状するように追い込まなければなりません。アタシたちだって、必要なときにはこの手段を使うのです。
ヴァレール：
これはまあ奇特というか常軌を逸した振舞いだ。
マルチーヌ：
確かに。でもそれが済めば、あの方が最高の腕を振るうのを目にできるはずです。
ヴァレール：
その方は何と言うお名前ですか。
マルチーヌ：
スガナレルと申されます。すぐ分かりますよ。大きな黒い髭と襞襟で黄色と緑の服を着ていますから。
リュカ：
黄色と緑の服だって。そいつはオウムみたいな医者だな。
ヴァレール：
でも本当ですか、貴女が言っているようなすごい腕だなんて。
マルチーヌ：
何を仰います。奇跡を起こす方なんですよ。6か月前でした、ほかの医者から見放された女がいました。誰もが死んだと思ってから6時間、さて埋葬しようかということになりましたが、その時無理やり例のお方が引っぱって来られたのです。女を見るなり、その方は何だかアタシたちには分からない一滴を女の口にたらしました。すると

即座に女はベッドから起き上がり直ちに部屋の中を歩き回ったのです、何事もなかったかのように。

リュカ：
ああ。

ヴァレール：
黄金の滴(しずく)か何かを持ち運んでいるに違いない。

マルチーヌ：
大いにありえますね。まだ3週間もたっていませんが、12歳の男の子が鐘楼の高みから落ちて、敷石に叩きつけられ、頭も腕も脚も砕かれました。例のお方が連れて来られるや、あの方はその子の身体の至る所にさも心得たように何かの軟膏(なんこう)を塗りたくりました。すると子供はさっと立ち上がり、ビー玉遊びをしに駆けてゆきました。

リュカ：
ああ。

ヴァレール：
そのお方は万能の薬を持っているに違いない。

マルチーヌ：
どうしてそれを疑えましょう。

リュカ：
もちろん。これこそワシらが捜していたお方だ。さあ早く探しに行こう。

ヴァレール：
いやありがとう。恩に着ます。

マルチーヌ：
くれぐれもアタシが申し上げたことをお忘れなきよう。

リュカ：
ええ確かに。あとはこちらの役回りだ。先生が殴ってくれというのなら、そんなのはお手のもの。

ヴァレール：
実にありがたい巡り合わせだ。大いに期待できそうだ。

第5場

スガナレル、ヴァレール、リュカ

スガナレル：歌を唄いながら、瓶を片手に持ち舞台に登場

ラ、ラ、ラ。
ヴァレール：
誰かが、木を切りながら歌を唄ってる。
スガナレル：
ラ、ラ、ラ……。いやもう充分働いた、酒を一杯ひっかけていいだろう。一息入れるか。（酒をひっかける。飲んだあとで言う）薪にするのに骨折るぜ。
おかげで喉がからからだ。

愛しい酒瓶よ
何と優しく響くことか
注ぐときに鳴るお前のそのゴボゴボという音は
だが俺は大いに妬(ねた)みを買うだろう
もしお前がいつもたっぷり満たされていれば
ああ！　わが愛しの酒瓶よ
何故にお前は空(から)になってしまうのか？

さあ、こん畜生。滅入っちゃならねえ。
ヴァレール：
いたいた、まさにあの方だ。
リュカ：
その通りだ。うまく見つけたぞ。
ヴァレール：
近くで観察しよう。
スガナレル：二人に気づいて、一人一人を交互に見やる。そして声を潜めて言う
ああ憎い奴、なんと俺はこの酒瓶をいとしく思うことか。
……俺は……大いに妬みを……買うだろう
もしお前が……
なんてこった。こいつら何の用だ。
ヴァレール：
確かにこの方だ。
リュカ：
聞いていた通りの人だ。
スガナレル：脇で
　　ここで彼は自分の酒瓶を地べたに置く。ヴァレールが挨拶に頭を下げるが、それ

を彼は瓶を奪おうとするのだと勘違いする。それで反対側に瓶を置き換える。今度はリュカが同じ仕草をする。するとスガナレルは酒瓶を取り上げ、自分の腹に抱え込む。この間さまざまな仕草が行われ座を楽しませる。

俺を見ながら、こいつら何やら目配せしてるぞ。どんな狙いがあるのだ。

ヴァレール：
もしもし、旦那さま。ひょっとしてスガナレル様ではいらっしゃいませんか。

スガナレル：
それが何だ。

ヴァレール：
ひょっとして貴方さまがスガナレルと申される方ではないかと思いまして。

スガナレル：ヴァレールのほうを向き、それからリュカのほうを向く
そうともそうでないとも。御用向きによって決まる。

ヴァレール：
私どもの最大の敬意を表したく思いまして。

スガナレル：
そういうことなら、スガナレルというのはこの俺だ。

ヴァレール：
貴方さまに是非お目に掛かりたいと思っておりました。思いあぐねていることがありまして、そのため私どもはここに参ったのです。私どもがどうしても必要としていることのために、何卒貴方さまのお力を得たいのです。

スガナレル：
この俺のささやかな商売に関わることなら、いつでもアンタ方のお役にたてますよ。

ヴァレール：
それは有難き思し召しでございます。でも旦那さま。恐れ入りますが、帽子を御被り下さいましな。太陽の日差しが貴方さまを不快にしかねませんから。

リュカ：
旦那さま、お被り下さいませ。

スガナレル：小声で
随分と礼儀正しい連中だ。

ヴァレール：
こうして伺ったのに、何も怪しいわけはございません。優れた方と云うものはいつだって人から探されているものでございます。私どもは貴方さまのお噂を人づてに聞いたのです。

スガナレル：
確かに、皆さん、俺は薪づくりにかけては、世界で一番だ。
ヴァレール：
ああ！　旦那さま。
スガナレル：
俺はどんなものも手抜きはしないぞ。何しろ誰からも文句の出ない方法で作っているのでな。
ヴァレール：
旦那さま、今お願いしているのはその事ではございません。
スガナレル：
言えるのは、薪束100本を110ソルで売っているということだ。
ヴァレール：
そのことは仰らないで下さい。
スガナレル：
びた一文負けるつもりはないからな。
ヴァレール：
旦那さま。私どもは事情を存じております。
スガナレル：
存じているなら、俺がそれで売るのがわかろうよ。
ヴァレール：
旦那さま、おからかいになっては……
スガナレル：
何もからかってない、値は一文も下げんからな。
ヴァレール：
お願いです、別の話をしましょう。
スガナレル：
嫌なら他を当たってくれ。薪といってもいろいろある。だが俺がつくる100束は……
ヴァレール：
ああ！　旦那さま。話はそこまでにして。
スガナレル：
言っておく、1ドゥーブル少なくても渡さないからな。
ヴァレール：
ですから！

スガナレル：
いいや。文句をいうなら、あとは知らん。正直に言っているのだ、俺は人の足元を見るような男じゃない。
ヴァレール：
旦那さま、貴方さまのようなお方がどうしてそんな悪ふざけをなさるのですか。そこまで身を落とそうとなさるのですか。かくも賢く、有名な医者である貴方さまが、世の目に隠れ、お持ちである素晴らしい才能を地に埋めたままでいようとなさるなんて。
スガナレル：脇で
こいつはおかしい。
ヴァレール：
お願いです。旦那さま。私どもに御身分を隠すのはおやめください。
スガナレル：
何だって。
リュカ：
そんなフリをしても何にもなりません。私は知るべきことはちゃんと知っています。
スガナレル：
一体何だ。俺にアンタは何を言いたいんだ。俺を何だと思っているのだ。
ヴァレール：
貴方さまが本来そうでいらっしゃるものであると。すなわち偉大なお医者さまであると。
スガナレル：
医者だって。俺は断然そうじゃない。そうだったことだってない。
ヴァレール：小声で
これが天才特有の酔狂という奴か。（声高に）旦那さま、これ以上否定なさらないで下さい。そしてお願いですから、不都合極まる手ひどい仕打ちをお望みにならないようにしてくださいましな。
スガナレル：
一体何のことだ。
ヴァレール：
私たちがやりたくないことです。
スガナレル：
ふん。アンタらが喜ぶことを勝手にとりかかるがいいや。全然俺は医者でないし、アンタらが俺に言わせたいことなど何も知らん。

嫌々ながら医者にされ

ヴァレール：小声で
こうなれば最後の手段。（声高に）旦那さま、もう一度、貴方さまがそうであるものを認めてくださいまし。
リュカ：
お願いでございます。下らぬお喋りをしてこれ以上時間を無駄にしないで下さい。そしてざっくばらんに貴方さまがお医者だと白状して下さい。
スガナレル：脇で
腹が立つ。
ヴァレール：
一体どうして分かり切ったことを否定なさるのですか。
リュカ：
どうしてしらばっくれるのですか。それが一体何の役に立つのですか。
スガナレル：
旦那がたよ、2000の言葉と同様に一言(ひとこと)でもって、俺はアンタらに言おう、俺は断じて医者ではない。
ヴァレール：
貴方さまはお医者でないと言われるのですか。
スガナレル：
そうだ。
リュカ：
貴方さまはお医者でないですと。
スガナレル：
ちがう。そう言っておく。
ヴァレール：
ではご所望でしょうから、やらねばなりませんでしょう。
（棒を持ち、彼を叩く）
スガナレル：
ああ、ああ、ああ！　分かりました、俺は貴方がたがお望み通りのものであります。
ヴァレール：
何故に、貴方さまは私たちに暴力を振わせるのですか。
リュカ：
一体どうして私たちに貴方をうち叩くなどという役目を与えるのですか。
ヴァレール：
こんなことをするなんて、本当に私たちは辛(つら)くて仕方がないのです。

リュカ：
そうです。本心で、私はこんなことをしたくないのです。
スガナレル：
一体、これはどうしたことで。これは悪ふざけですか、それとも俺が医者だと思いたがるアンタ方二人ともがまともでないってことですか。
ヴァレール：
何ですと。まだお認めにならないのですか。そして自分が医者でないと言い張るのですか。
スガナレル：
誓ってそうじゃない。
リュカ：
私たちが申し上げていることが事実ではないと仰るので。
スガナレル：
違う。そうだったら俺はくたばってもいい。（ここで二人はスガナレルをまた打擲しだす）ああ、ああ、ああ！　わかった、わかった、旦那がた。アンタ方がそうお望みな以上、俺は医者だ。ワシはお医者だ、おまけに薬剤師、アンタ方がそれがいいと思うなら。こんな風にめちゃめちゃにされるぐらいなら、俺はどんなことでも認めよう。
ヴァレール：
よし！　これで全てうまく行きました、旦那さま。貴方さまが思慮分別をお持ちになってくださり喜ばしく思います。
リュカ：
そんな風に話してくださって、心より嬉しく思います。
ヴァレール：
今までの行為を心からお詫びします。
リュカ：
御無礼の限りをどうかお許しください。
スガナレル：脇で
何たること。間違ってるのはこの俺のほうなのか。自分でも分からぬうちに俺はお医者になったのだろうか。
ヴァレール：
旦那さま。私どもにご身分を明かしたことで後悔などなさいますな。間違いなくこのことで満足なさるはずですから。

嫌々ながら医者にされ　137

スガナレル：
だが、皆さんよ、教えてくれ。アンタ方自身、勘違いしてはおられぬだろうな。ワシがお医者であるのは確かなことなのか。
リュカ：
はい、それはもう。
スガナレル：
本当にか。
ヴァレール：
確かに。
スガナレル：
ウソに決まっている。
ヴァレール：
何ですと。貴方は世界一の有能な医者でしょう。
スガナレル：
うーん。
リュカ：
数知れない患者を治した名医で。
スガナレル：
なんてこった。
ヴァレール：
6時間前に死んだと思われた女がいて、さて埋葬しようかと準備に入ったその時、何かの一滴でもって、貴方はその女を生き返らせ、すぐ部屋中を歩き回らせることになりました。
スガナレル：
なんとまあ。
リュカ：
12歳の男の子が鐘楼の上から落ちて、それでもって頭を、脚を、腕を折ってしまった。そこで誰も知らない何かの軟膏を貴方が塗ってやると、直ちにその子はすくっと立ち上がり、ビー玉遊びにとび出して行った。
スガナレル：
なんとまあ。
ヴァレール：
とどのつまり、旦那さま。私どもにご一緒下されば悪いようには致しません。欲しいだけ稼ぐことができますよ、私どもが貴方さまをお連れしたいと思っているところへ、

そのままついて来てくだされば。
スガナレル：
欲しいだけ稼げるだと。
ヴァレール：
はい。
スガナレル：
よし！　ワシは医者だ、異議なしだ。それを忘れていたぞ。だが改めて思い出した。何が問題なんだっけ。一体どこに赴けばよいのだ。
ヴァレール：
ご案内致します。言葉を失った娘を診察しに行くのが解決せねばならない問題なのです。
スガナレル：
そうか。失われているものなら、見つけようったって見つかるはずがあるまい。
ヴァレール：
冗談が好きなお方だ。さあ、参りましょう、旦那さま。
スガナレル：
医者の衣服も付けずにか。
ヴァレール：
それはいずれ調達致します。
スガナレル：自分の酒瓶をヴァレールに差し出して
さあ持っておれ、貴様。この中にワシの特性秘薬が入っておる。
（次に唾を吐きながらリュカの方を向いて）
お前、これを踏んずけて伸ばせ。
リュカ：
これは何と。この方こそ俺たちを喜ばせるお医者さまだ。この方ならきっと成功する。だってこんなにおどけて居るのだもの。

*1　諺を間違って覚えている。

第二幕

第1場

ジェロント、ヴァレール、リュカ、ジャクリーヌ

ヴァレール：
はい旦那さま、きっとご満足なさいます。なにしろ世界一のお医者さまをお連れしましたから。

リュカ：
ええ全く。その方と肩を並べる人はいません。ほかの医者は誰も、その方の靴を脱がせる資格すらございません。

ヴァレール：
素晴らしい治療をなさった方でございます。

リュカ：
死んでいた人間を生き返らせた方です。

ヴァレール：
ですが何と申しましょうか、いささか気まぐれな性質で。ときどき頭がどうかして、本来のその方と思われなくなります。

リュカ：
はい、その方は滑稽なことをするのが好きでして。それで時折、こう言っては何ですが、少しイカれ気味になります。

ヴァレール：
とはいえ、その方は学問そのものでして、何とも高尚なことを常々仰います。

リュカ：
気が向くと、何と言うか、すらすらと本を朗誦するような話し方をなさいます。

ヴァレール：
その名声はここらでも広がっておりまして、誰もがその方を訪ねに参ります。

ジェロント：
そりゃ是非お会いしたいものだ。すぐに来ていただきなさい。

ヴァレール：
ではお連れしに。
ジャクリーヌ：
あらま、旦那さま。他のお医者と同じことしかしませんよ。お嬢さまに差し上げるものが大事なのでございます。言わしていただければ、最良の薬は、お嬢さまが愛情を感じられるようなカッコよくて素敵な旦那さまです。
ジェロント：
いいか乳母さんや、アンタは口が過ぎるぞ。
リュカ：
黙るんだ、オレの女房のジャクリーヌよ。こんなことに首を突っ込むのはお前の役目じゃない。
ジャクリーヌ：
何回でもアンタ方に言ってあげる。ああしたお医者は皆、病気というと綺麗な水を与えるしか能がないって。お嬢さまには、ダイオウやセンナ(*2)とは別のものが必要なんだって。娘たちに効く一番の薬は、いい男に決まってます。
ジェロント：
娘があの状態で、一体誰が娶（めと）ってくれるというのか。今のような不具合を抱えていて。そもそも縁談を進めていたのに、あの娘はワシの意志に逆らったではないか。
ジャクリーヌ：
それは好きでもない男と添わせようとしたからですよ。お嬢さまの心が靡（なび）くレアンドルさまをどうして選ばれないのですか。そうしたらお嬢さまだってはいと言ったはずです。私は断言いたします、お嬢さまがどんな具合であろうと、あの方に持ちかければ、すぐお受けくださるでしょうに。
ジェロント：
あのレアンドルとかは、つまらん奴だ。他（ほか）と違って財産を持っておらん。
ジャクリーヌ：
あの方にはお金持ちの叔父様がいらして、その相続人でいらっしゃるのですよ。
ジェロント：
いつ手に入るかもしれぬ財産など、夢幻（ゆめまぼろし）のようなものだ。今持っていなければ何の意味もない。誰かが残してくれる財産を当てにするのは、大きな賭けにのめり込むことだ。死が、相続人である者の望みや祈りに耳を傾けてくれるとは限らない。誰かがあの世に行くのを待ちわび、腹を空かせて生きてゆかねばなるまい。
ジャクリーヌ：
でも、こんなことが言われますでしょ。他のこと同様、結婚においては満足が富に勝

る、って。父親も母親もナントカの一つ覚えで、こう尋ねます「その男は何を持ってる」「その女には何がある」。ビアールの親爺さんは、娘のシモーヌをロバンとの仲を裂いて、デブのトーマに呉れてやった。若いロバンより葡萄畑を多く持ってるってとで。そのお蔭で可哀そうに、あの娘はマルメロのように黄色くなって。近頃じゃいつも浮かない顔をしてる。これが結構な実例ではございませんか、旦那さま。今楽しませてやらなきゃ。アタシなら、ボース地方の地代全部と比べたって、自分の娘が喜ぶよい夫の方を選びますよ。

ジェロント：
うるさい、乳母の分際で。お前は喋り過ぎだ。しばらく黙ってろ。余計な気を配りすぎると、乳が出なくなるぞ。

リュカ：次の台詞を言いながら、ジェロントの胸を叩く
くそっ！　黙れ、いらだたしい女め。旦那さまにはお前の説教など必要ない。よく御存じだ、ご自身がしなければならないことを。口答えする暇があったら、ガキに乳でも与えに行け。旦那さまはお嬢さまの父上でいらっしゃるのだから、お嬢さまにして差し上げなきゃならんことは、ちゃんと心得ていらっしゃる。

ジェロント：
まあ落ち着け！　こら、落ちついて！

リュカ：
旦那さま、もうちょっとこいつを懲らしめてやりたいんで。貴方さまに敬意を払わねばならないことを教え込んでやりたいんで。

ジェロント：
なるほど。だがワシの胸を叩くのはよしにしろ。

第2場

ヴァレール、スガナレル、ジェロント、リュカ、ジャクリーヌ

ヴァレール：
旦那さま、御準備よろしいでしょうか。例のお医者さまが入ってらっしゃいます。

ジェロント：
ようこそ、先生。先生のご診断をいただきたく、お待ち申しておりました。

スガナレル：医者の衣装に先のとがった帽子のいでたち
ヒポクラテス曰く……我ら両名とも帽子を被るべし。

ジェロント：
ヒポクラテスがそう言ったのですか。
スガナレル：
然り。
ジェロント：
恐れ入りますが、どの章でしたか。
スガナレル：
帽子の章であります。
ジェロント：
ヒポクラテスがそう言ったのなら、そのようにせねばなりますまい。
スガナレル：
さすがお医者先生、常人ではかなわぬ理解力を示される……。
ジェロント：
すみません、どなたに話しておられるのですか。
スガナレル：
貴方にです。
ジェロント：
私は医者ではありません。
スガナレル：
貴方は医者ではないですと。
ジェロント：
ええ、全く。
スガナレル：ここで棒をつかみ、自分が叩かれたようにジェロントを叩く
本当にか。
ジェロント：
本当です。あ、痛、痛。
スガナレル：
これで貴方も立派なお医者さまだ。ワシだってこうやって資格を得たのだからな。
ジェロント：
一体なんて人間を連れて来たのだ。
ヴァレール：
だから申し上げましたでしょ、冗談好きなお医者さまだって。
ジェロント：
なるほど。だがその冗談もろともこいつを追っぱらってやりたい。

嫌々ながら医者にされ 143

リュカ：
そんなことにこだわりますな、旦那さま。ホンのお遊びなのですから。
ジェロント：
こんな遊び、ワシにはちっとも面白くない。
スガナレル：
いやご主人。勝手な振舞いを致しました、お許しください。
ジェロント：
それはどうも。
スガナレル：
誠に申し訳なく思っております……
ジェロント：
分かりました。
スガナレル：
棒で何発も……
ジェロント：
何でもありません。
スガナレル：
貴方さまに畏れ多くも差し上げたことを。
ジェロント：
それ以上言わなくて結構です。先生、じつは私には娘が一人おりまして、それが奇妙な病に罹かりました。
スガナレル：
喜ばしいことです、御主人。貴方の娘さんが私を必要としているとは。皆さんも私を頼りにしてくれれば嬉しい。ひと肌脱ごうという気になろうというものです。
ジェロント：
そのお気持、有難く存じます。
スガナレル：
私は正直、衷心よりわが気持を話しているのですぞ。
ジェロント：
お心づかい痛み入ります。
スガナレル：
お嬢さんのお名前は何と。
ジェロント：
リュサンドです。

スガナレル：
リュサンド！　ああ、薬を飲ませるのに恰好の名前だ。リュサンド！
ジェロント：
あの娘の様子をちょっと見て参ります。
スガナレル：
この大柄の女性は誰ですか。
ジェロント：
うちの小さい子の乳母です。
スガナレル：
なんと、おあつらえ向きの道具立て。ああ乳母さん、素敵な乳母さん。私の医術など貴女の育児所の卑近な奴隷に過ぎません。私もできたら喜んで貴方のお乳を吸う幸せな赤ちゃんになりたいものだ（彼女の胸に自分の手を置く）。わが医薬、わが学識、わが能力、それらすべて貴女にご奉仕致します。そして……
リュカ：
ご免蒙って、お医者の旦那。お願いですから、俺の女房を離してくださいまし。
スガナレル：
なんと。こちらはアンタの奥方か。
リュカ：
そうです。
スガナレル：リュカを抱きしめるふりをするが、乳母のほうへと向き直り、乳母を抱きすくめる
まあ、実に実に。知らなかった、ワシは嬉しい。お二人のことを思ってな。
リュカ：引き離して
お手柔らかに、お願いです。
スガナレル：
誠に大いに喜ばしく思っている、アンタ方二人がご夫婦だなんて。アンタみたいな亭主をもって（ふたたびリュカを抱きしめるふりをし、実はその腕を潜り抜け、妻の首に手を回す）この女性を祝福してあげたい。そしてアンタの方も。こんなに美しいこんなに賢明な、こんなに体つきが立派な奥さんを持って、大いに喜ばしいことだ。
リュカ：また二人を引き離して
ああ、何てこった。お願いです、お世辞はいいですから。
スガナレル：
かくも麗しきお二人の組み合わせに貴方と共に私が喜んでいるのを望まないのですかな。

リュカ：
アタシのことなら、お好きになさってください。でも女房を触りまくるのはやめてください。
スガナレル：
貴方がたお二人の幸福を一緒に分かち合いたく思っているのですぞ。で（同じ仕草をつづける）そのことで私の喜びを示すうえで貴方を抱きしめる。それと同じ気持をあらわすために奥さんに対しても、同じように抱擁をするのであります。
リュカ：さらにまた二人を引き離し
何てことだ、お医者の先生。いらぬお戯むれを。

第3場

スガナレル、ジェロント、リュカ、ジャクリーヌ

ジェロント：
先生、すぐ娘がやって参ります。
スガナレル：
お待ちしましょう、御主人。全てのこの私の医薬と共に。
ジェロント：
それはどこにお持ちで。
スガナレル：額を指さしながら
ここですよ。
ジェロント：
なるほど。
スガナレル：乳母の乳房を触ろうとして
だが私には貴方の家族の方全員が気になります。まず乳母さんの乳を少し調べねばなりませんし、その胸を診断せねばなりません。
リュカ：スガナレルを引き止め、半回転させる
なんだよ、なんだよ。そんなの無用だ。
スガナレル：
乳母の乳を調べるのは医者の役目ですぞ。
リュカ：
役目などもっての他です、やめてください。

スガナレル：
大胆にも医者に反抗しようというのか。とんでもない。
リュカ：
知るかい。
スガナレル：悪意のこもった目でリュカを見て
お前に発熱を与えてやるぞ。
ジャクリーヌ：リュカの腕を掴んで、ぐるっと一回転させる
さっさとお行き。してはいけないことをこの方がアタシにするとして、アタシが自分で身を守れないほど大人じゃないと言うのかい。
リュカ：
俺はこの人にお前を触られたくないんだ。
スガナレル：
へっ、聞き分けのない男だ、たかが女房のことで汲々{きゅうきゅう}とするなんて。
ジェロント：
ウチの娘が参りました。

第4場

　　リュサンド、ヴァレール、ジェロント、リュカ、スガナレル、ジャクリーヌ

スガナレル：
この人が病人ですか？
ジェロント：
はい、娘はこれしかおりません。この娘が死んでしまうようなことになったら、私は絶望の極みです。
スガナレル：
娘さんはそれを控えねばなりません。医師の処方なしに死ぬことなど許されておりませんからな。
ジェロント：
さあ、椅子を。
スガナレル：
この病人は人に嫌悪感を与えるにはほど遠い。健全な男なら皆一様になびくはずです。
ジェロント：
先生、この娘が笑いましたぞ。

スガナレル：
結構。医者のせいで患者が笑うのは、何よりもよい兆候です。さてそれで。問題は一体何ですか。どこに問題が、どこが悪いのですかな。
リュサンド：手を口、頭、顎の下に当て、仕草で答える
アン、イ、オン、アン。
スガナレル：
ああ！　何と仰ってるのですか。
リュサンド：同じ仕草を続け
アン、イ、オン、アン。
スガナレル：
何ですか。
リュサンド：
アン、イ、オン、アン。
スガナレル：彼女を真似て
アン、イ、オン、アン。全然理解できない。これは一体如何なる言語でありましょう。
ジェロント：
先生。それが、この娘の病なのです、口がきけなくなったのです。その原因が分からずじまいで。それで結婚を延期する破目になったのです。
スガナレル：
またどうして。
ジェロント：
この娘と結婚するはずの方が、婚姻を結ぶのに回復を待ちたいと言ったのです。
スガナレル：
自分の妻が口がきけないのを望まない莫迦(ばか)がどこにいますか。うちの奴がそうなれば願ったりだ。女房が治ることなぞ望むものですか。
ジェロント：
先生、この病を癒(いや)すのに貴方さまのお力の全てをどうか注いでください。
スガナレル：
心配なさるな。お聞きしたい、この病で娘さんは辛そうですか。
ジェロント：
はい、先生。
スガナレル：
なるほど。大いなる苦痛を感じておられますか。

ジェロント：
大いに。
スガナレル：
そうですか。然るべき場所にはゆきますか。
ジェロント：
ええ。
スガナレル：
たっぷり。
ジェロント：
それは分かりかねます。
スガナレル：
出るものの状態は良好ですか。
ジェロント：
それは分かりかねます。
スガナレル：病人のほうを振り向き
腕を出して。脈拍で、貴方の娘さんは言葉が出ないのが分かります。
ジェロント：
ええ先生、それこそこの娘の病気なのです。一発でそれを見ぬいてしまわれた。
スガナレル：
いやはや。
ジャクリーヌ：
先生はお嬢さまの病気を見抜かれた。
スガナレル：
我ら際立った名医は、すぐに病状を理解するのです。無知な医者ですと、すっかり当惑してしまって、こんなことしか言わないでしょう「これはかくかく、これはしかじかで……」。でも私は、最初から的(まと)に達します、そして私には貴方の娘さんが口がきけないのが分かるのです。
ジェロント：
なるほど。でもどうしてなったのか、原因を知りたいのですが。
スガナレル：
簡単なことです。そもそも、それは彼女が言葉を失ったことから生じます。
ジェロント：
なるほど。でもその原因は。済みませんが、何でこの娘は言葉を失ってしまったのですか。

スガナレル：
最高権威者であれば、みな一様に申すでしょう。それは当人の舌の作動障害であると。
ジェロント：
で、もう一度お聞きしますが、この舌の作動障害に関する貴方さまのご意見は如何に。
スガナレル：
アリストテレスはその点について言っています……とても素晴らしい事を。
ジェロント：
そうですか。
スガナレル：
ああ、あれは偉大な人間であった。
ジェロント：
確かに。
スガナレル：ひじから先の腕を上げて
完全に偉大な人物であった。私などとはその点でくらべものにならないほど、これぐらい偉大な人物であった。そこでアリストテレス流の分析を借りれば、私の見解はこうなる。つまりこの舌の動作障害はある種の体液によって引き起こされるものであり、我々際立った名医たちが病理性体液と呼ぶところのものによって引き起こされる。病理性とはつまり……病理性体液であり、患部に何がしかのよからぬ発散物が、いわば……醸し出され……その……ラテン語はお分かりか。
ジェロント：
いささかも。
スガナレル：驚いた身振り
いささかのラテン語をもたしなまれぬと。
ジェロント：
はい。
スガナレル：さまざまのおかしげな姿勢を示して
カブリキアス　アルキ　トゥーラム、カタラムス、シングラリテル、ノミナティーヴォ　ハエク　ムーサ、《ミューズ女神が》、ボヌス、ボナ、ボヌム、デウス　サンクトゥス、エストネ　オラティオ　ラティーナス？　エティアム、《ウイ O.K. なり》、クワーレ、《プルコワ何ゆえ？》クイア　スブスタンティーヴォ　エト　アドジェクティウム　コンコルダト　イン　ジェネリ、ヌメルム、エト　カスス[*3]。
ジェロント：
ああ！　勉強しておけばよかった。

ジャクリーヌ：
なんとまあ、学識あふれるお方だこと。
リュカ：
凄すぎて、何も分からない。
スガナレル：
さて、今私が話したばかりのこの蒸気が肝臓のある左側から心臓のある右側に移って来ると、ラテン語でアルミアンと呼ぶ肺が、ヘブライ語でクビレと呼ぶ大静脈を経由してギリシャ語でナスムスと呼ばれる脳と繋がり、その間に連携を取りあい、その途上で前述の蒸気をうまく獲得することになるが、この蒸気が肩甲骨の心室(しんしつ)を満たす。そしてその蒸気は……いいですか、この論理をよく理解なさい。そしてこの蒸気はある種の毒性を帯びているがゆえに……いいですかくれぐれもここが肝心な箇所ですぞ。
ジェロント：
はい。
スガナレル：
この蒸気はある種の毒性を帯びていて、それは引き起こされる……どうかご注意を。
ジェロント：
分かりました。
スガナレル：
横隔膜の窪みで生み出される体液の強さにより引き起こされるものでありますからして、これらの蒸気が……オスサバンドゥス、ネクエイアス、ネクエル、ポタリウム、クィプサ、ミルス。まさにこうして貴方の娘さんはオシになったのです。
ジャクリーヌ：
このお方はなんてまあ、明快におっしゃることか。
リュカ：
何にせよ、俺にはあんなにうまく舌が廻らない。
ジェロント：
これほどうまく論理立てられることはないでしょう。ただ一つだけお尋ねしたいことがございます。肝臓と心臓の場所です。貴方さまは、本来あって然るべき処と別の場所に置かれているように思われます。心臓は左側に、肝臓は右側にあるのではないですか。
スガナレル：
はい、元はそうでした。しかし我々がそれらすべてを変えたのです。そして我々はいまやすっかり新しい方法で治療を行っているのです。

ジェロント：
それは存じませんでした、私の無知をお詫びいたします。
スガナレル：
どうってことはない。貴方が我々と同じく事を熟知している必要はありませんからな。
ジェロント：
確かに。ですが先生、この病（やまい）については一体どうしたらよいとお考えでしょう。
スガナレル：
私がどうしたらよいと考えるですと。
ジェロント：
はい。
スガナレル：
わが意見はこうです。娘さんをベッドに寝かせなさい、そして治療としてワインに浸した多量のパンを取らせなさい。
ジェロント：
なぜそのような方法を。
スガナレル：
なぜならパンとワインの中には、それを一緒にすると、話し出させる素晴らしい効力があるのです。見たことはありませんか、オウムにそればかり与えていると、オウムが話し出すのを。
ジェロント：
なるほど。ああ、大したお方だ。急いで、どっさりパンとワインを。
スガナレル：
夕方にまた、お嬢さんがどうなっているか見に参ります。（乳母に）ちょっと待った、貴女（あなた）。御主人、ここにおられる乳母さんですが、私はいくばくかこの人に治療を施さねばなりません。
ジャクリーヌ：
えっ、私が。私はこの上なく調子はよいですよ。
スガナレル：
気の毒に、乳母さん。お気の毒に。そうした健康こそ、用心のもと。貴女にささやかな瀉血（しゃ）をし、ちょっと便を和らげる浣腸をするのは悪くありません。
ジェロント：
だが、先生、それは良く分からぬやり方ですな。病気でもない者に何で瀉血をせねばならないのですか。

スガナレル：
いやいや、このやり方は有益なのです。来たるべき渇きのために水を飲む如く、同じように来たるべき病のために瀉血をしておかねばならないのです。

ジャクリーヌ：後ずさりして
なんてこと。そんなことはご免です。私は自分の身体を薬の実験場にしてもらいたくありません。

スガナレル：
治療に対し貴女は頑固ですな。だがやがて我々の理性に従っていただくことになるでしょう。（ジェロントに話しかけて）それではさようなら。

ジェロント：
すみません、少しお待ちください。

スガナレル：
何か。

ジェロント：
お礼を差し上げたいのです、先生。

スガナレル：服の上から後ろ手に手を差出す、一方ジェロントは財布を開く
受け取れません、御主人。

ジェロント：
先生……

スガナレル：
絶対に。

ジェロント：
そこを何とか。

スガナレル：
どうあっても。

ジェロント：
お願いですから。

スガナレル：
ご冗談を。

ジェロント：
当然の報酬です。

スガナレル：
何もそれほどのことはしていません。

ジェロント：
何と！
スガナレル：
私を駆り立てているのはお金ではありません。
ジェロント：
存じております。
スガナレル：金を受け取ったあとで
目方はちゃんとありますかな。
ジェロント：
はい、先生。
スガナレル：
私は金が目当ての医者ではありませんからな。
ジェロント：
良く分かっております。
スガナレル：
利害で動かされるような人間ではありません。
ジェロント：
そんなこといささかも思っておりません。

第5場

スガナレル、レアンドル

スガナレル：受け取った金を見て
確かに。こいつは悪くない。もしこんな具合に……
レアンドル：
先生、ずっとお待ちしておりました。お助けいただきたく伺ったのです。
スガナレル：相手の手首をつかんで
脈拍がひどく悪いようだ。
レアンドル：
先生、私は病気ではありません。ここに来たのはそのためではないのです。
スガナレル：
病気でないなら、そうと先に言ってくれ。

レアンドル：
では、手短に申し上げます。私はレアンドルというもので、先生がいま診察したリュサンドと恋し合う仲です。ですがその父親の無理解のためにどうしても近づけず、思い切ってこうして先生に、二人の恋をお助けいただき、私の目論見が上手く運ぶようお願いする次第です。私の人生の幸せは、これがうまくゆくかどうかで決まるのです。

スガナレル：怒っているふりをして
一体ワシを誰だと思っておる。厚かましくもこのワシに自分の恋路の手伝いをせよなど頼み込むとは、そしてそんな類のことのために医師の誇りを貶(おとし)めようなどとは。

レアンドル：
先生、そうお怒りにならずとも。

スガナレル：相手を後退させ
ワシは怒りたい、ワシは。貴様は無礼者だ。

レアンドル：
ああ先生、お静かに。

スガナレル：
この粗忽者(そこつもの)め。

レアンドル：
お願いですから。

スガナレル：
お前に教えてやる、ワシはそうした類の人間ではないのだとな。おまけにとんでもない無礼であると……

レアンドル：財布を開き、金を与える
先生……

スガナレル：財布を摑んで
このワシを雇おうなどとは……いやアンタのことを言っているのではない、だってなアンタは真面目な人だからな。それでワシはアンタのために大いに役立ちたいと思っておる。だがこの世の中にはある種の無礼者がいて、とんでもない役回りを人に割り当てようとする。そうしたことにはワシは実に慣(いきどお)らずにおれないのだよ。

レアンドル：
申し訳ありませんでした、先生。わがまま勝手に……

スガナレル：
どうってことはない。さて何が問題なのだ。

レアンドル：
実を申せば、先生が治そうとなさっている病(やまい)は仮病なのです。医者たちはそのことに

適当な理由を並べます。それはそれ脳から、それ内臓から、それ脾臓から、それ肝臓から生じるなどと決まって言いつくろいます。でも恋こそがその本当の原因なのです。リュサンドは自分の気が進まない縁談から逃れるためにこの病を発明したのです。私たちが一緒にいるところを見られてはまずいでしょうから、ここを移りましょう。歩きながら私は、貴方さまにお願いしたいことをお話し致します。

スガナレル：
お若い方。貴方はこの私に与えてくれた、受け止めがたいほどの量の優しい愛の気持を。ならばあの娘さんが身罷るか、目出たく貴方のものになるか、いずれにせよ、この私の医術の全てを賭けてやってみよう。

*2　下剤、健胃薬。

*3　最初の４語はまるきり意味がない。次の語句は初歩ラテン語文法の残滓。さらに教会ラテン語の断片（しいて訳をつければ、神は聖なり、これはよきラテン語なりや、然り。何となれば形容詞と名詞が性・数・場に一致するゆえ）。

第三幕

第1場

スガナレル、レアンドル

レアンドル：
薬剤師に装っていてもおかしくないでしょう。彼女の父親は僕に会ったことがないのですから、この服装とかつらであの父親の目を誤魔化せるはずです。
スガナレル：
確かに。
レアンドル：
お願いです。重要な医学用語をいくつか教えて頂けませんか。いかにも学識ある人間に見せかけたいのです。
スガナレル：
そうしたことはすべて無用だ、衣服だけで充分。そもそもワシだってアンタ以上に医学の知識がある訳じゃない。
レアンドル：
何ですって？
スガナレル：
医学なんてものを、ワシが理解しているとしたら悪魔にさらわれてもいいぐらいだ。アンタは正直な人間だ、それでワシも白状する。アンタがワシに打ち明けてくれたようにな。
レアンドル：
何ですって？　貴方はお医者では……
スガナレル：
違う、全くもって。嫌々ながら医者にされたんだ。賢いお方に自分からなろうとしたわけじゃない。勉強などガキの時の6年だけ。一体どうして連中がとんだ思い違いをしたのかワシには分からん。だがどうであれ、是が非でもワシを医者にしたく思っているのが分かった時、そうなろうと決心したのだ。医者を選ぶのは全部患者の責任だからな。とはいえ、カン違いは輪になって広まる。全く呆れた話、誰もがワシをあり

がたい人間だと信じるようになる。方々(ほうぼう)から人々がワシを探しにやって来る。万事この調子でゆくなら、この人生ワシはこのまま医者でいようかと思うようになってきた。何しろこいつは最高の職業だ。病人が治ろうが治るまいが、同じ分だけ金をもらえるのだからな。責任がこの身に降りかかることはない。そして、好きなだけ、患者を煮たり焼いたりできる。靴を作ってて、革を切り間違えたら、靴屋はその責任は自分で負わなければならない。だがこの世界では、人間様をぶっ壊しても、何ら責任は問われない。ひどいへまも医者の責任にはならず、死んでゆく当の人間の自己責任ということになってしまう。結局、この職業の良い所は、死んだ連中の方が大人しく黙りこくっている、世界で一番慎み深いってことだ。それで、自分を殺した医者に対し誰も愚痴をこぼすなんてことがないのさ。

レアンドル：
仰る通り、死んでゆく人ってものはこの点、、控え目すぎる人たちですね。

スガナレル：自分の方にやって来る人々を目にして
ほらやってきた、このワシに診断を求めたい連中がな。しばらくあの屋敷の辺りでワシがゆくのを待っていなさい。

第２場

チボー、ペラン、スガナレル

チボー：
先生、お探し申し上げておりました、息子のペランともども。

スガナレル：
どうなさいましたかな。

チボー：
この息子の母親、名をパレットというのですが、可哀そうなことに、ずっと臥(ふ)せっております。もう６か月も。

スガナレル：手を広げ、金を受け取ろうとする
ワシにどうしてほしいのじゃ。

チボー：
先生、お願いです。なんとか先生の治療をお授けください。

スガナレル：
その患者が病気であるかどうか確かめねばならんな。

チボー：
あいつは水ぶくれ病なんです、先生。

スガナレル：
水ぶくれ病？

チボー：
はい、つまり、至るところ体が膨れてまして。体の中にぶくぶく泡でも出てるかのようなんです。肝臓が、腹が、脾臓が、何と言ったらよいのでしょう、血を作る代わりに、水しか作らないようです。あいつは一日おきに、脚の先が痺れ、痛み、熱を出します。喉にはタンが詰まって窒息しかねません。時々それが原因で失神し、痙攣を起こし、そのまま死んでしまうのではないか恐いのです。オラが村には薬剤師がいて、オラどもには何だか訳の分からない処方をしました。それで良質のエキュ金貨12枚せしめられたんですが、浣腸をし、先生のお考えは如何でしょうか、とにかく浣腸し、ヒヤシンスの煎じ薬を飲ませ、気付け薬を塗ったのです。でもそんなことしても、皆が言うように、どうにもなりませんで。薬酒だと言って、更に何かを飲ませようとしました。でも実のところ、オラ嫌な気がしてきたのです、そうした手立ては病人をあの世へ送ることになるんじゃないかと。デブのお医者たちはこうしたやり方で数えきれない人間を殺してきたんではないかと。

スガナレル：相変わらず手を差出し、金をくれという合図のごとくに片手をぶらつかす
さあさあ、本論に入りましょう。

チボー：
先生、どうしたらよいかをお尋ねするために、こうして先生の元に参りました。

スガナレル：
全く仰ることが分かりませんな。

ペラン：
先生、おっ母は病気なんです。ここに２エキュあります、それで何かお薬をいただけませんでしょうか。

スガナレル：
なるほど、良く分かった。この息子さんは明晰に語られる、必要なことをちゃんと説明される。お袋さんは水腫で、体全体が腫れている、熱もある、脚が痛くてたまらぬ、失神も引きつけもしかねない、揚句人事不省になりかねないと。

ペラン：
ああ！　そうです、先生、まさにその通りなんです。

スガナレル：
お前さんの話はまずよく分かった。だが親爺さんのいうことは実に分かりにくかった。

さてアンタはこの私に処方を求めておられるのですかな？
ペラン：
はい、先生。
スガナレル：
お母さんを治す薬がいると。
ペラン：
その通りです。
スガナレル：
それではこれ、チーズの小さな塊です、お母さんに飲ませてあげなさい。
ペラン：
チーズですか、先生。
スガナレル：
そうです、特別に調合したチーズです、その中には金、サンゴ、真珠、その他高価なものの粉末が入っているのです。
ペラン：
先生、大変有難うございます。すぐにおっ母に飲ませてやります。
スガナレル：
ささ、それでお母さんが死んだら、出来るだけ手厚く葬ってやるのですぞ。

第3場

ジャクリーヌ、スガナレル、リュカ

スガナレル：
これは麗しい乳母どの。ああ！　わが心の乳母どのだ、こうしてお会いできるとはじつに嬉しい。貴女(あなた)を見ることは、ダイオウ、カッシア、センナといった薬草同様、わが魂の憂鬱を浄化してくれる。
ジャクリーヌ：
それは勿体ない！　お医者先生さま、アタシには過分のお言葉です、貴方さまのラテン語なぞアタシにはとても分かりません。
スガナレル：
乳母どの、どうか病気におなりなさい。私への愛に賭けて、病気におなりなさい。そうすれば私は貴女を治すことに大いなる喜びを感じるでありましょう。

ジャクリーヌ：
いえそんな。病気などになって治されることなど嫌ですよ。
スガナレル：
美しい乳母どの、私は貴女を気の毒に思います、あの男のようなつまらぬ嫉妬ぶかい奴を夫にしていることに。
ジャクリーヌ：
そうは言っても先生。アタシのへまから得た罪ですもの。ヤギがいったん木に繋がれてしまったら、その場所で餌をとるしかありませんでしょ。
スガナレル：
何ですと？　あんな粗野な男に。いつも見張っていて、誰も貴女に話しかけられないようにしている奴ですぞ。
ジャクリーヌ：
ああ、先生はまだ全てを理解しておられない、それはあの男のケチな性根(しょうね)のほんの一部ですよ。
スガナレル：
そんなことがありますか。見下げた魂の持ち主が貴女のような女性を虐げるだなんてあってたまりますか。ああ、私はよく心得ております、美しい乳母どの。貴女のお傍にいて、ただただあんよの先にキッスの雨を降らせられたらどんなに幸せである事か、そう願う連中はゴマンとおりますよ！　かくも美しく形作られた人が、こんなとんでもない男の手に委ねられるなどということがあっていいものか。折り紙つきのアホ、畜生、性悪(しょうわる)、愚か者の……。お許し下さい、乳母どの、御亭主のことをかくも悪しざまに言ったりして。
ジャクリーヌ：
ああ！　先生、あいつは貴方が呼んだ全ての名に値します。
スガナレル：
もちろん、乳母どの。あいつはその名に値します。そして、奴が日頃恐れる通り、懲らしめに奴の頭の上にツノを生やしてやるのも一層奴には相応しいことであります。
ジャクリーヌ：
アタシがあいつに相応しいことだけ考えてりゃいいのなら、アタシだって間違いしでかして、あいつに一矢報いてやりたいところですよ。
スガナレル：
それはそれは！　誰かと謀(はか)って奴に復讐するのもよいかも知れませんな。そうするに相応しい(ふさわ)男と組むのもありかと。それでこの私がその名誉を得るに充分な男でありうるならば、美しい乳母どの、その喜びを貴女と共に分かち合うべく私をお選びいただ

くこともありかと……。

このあたりで、二人はリュカの姿を認める。リュカは彼らの後ろでその対話を聞いていたのだ、それで二人ともそれぞれの方向に退出するが、その際医者に扮したスガナレルは極めて愉快な仕草を示す

第4場

ジェロント、リュカ

ジェロント：
おい、リュカ。お前、例のお医者さまをここらで見かけなかったか。
リュカ：
見ましたとも、全ての悪魔にかけて、アタシはそいつを見ました。うちの女房も一緒でした。
ジェロント：
一体あの方はどこにいらっしゃるのか。
リュカ：
わかりません。でもアタシは奴が悪魔とともに地獄に落ちろと思っております。
ジェロント：
娘が何をしているか、ちょっとお前見て来い。

第5場

スガナレル、レアンドル、ジェロント

ジェロント：
ああ、先生。どこにいらっしゃるのかと思っておりました。
スガナレル：
貴方の家の中庭で飲み物のカスの排出を楽しんでおりました。病人の具合はいかがですかな。
ジェロント：
貴方さまの処方をいただいてから少し悪くなったようですが。

スガナレル：
それは結構。薬効が現れ出す兆候です。
ジェロント：
はあ。でも、現れ出る前に、あの娘がこと切れぬか心配です。
スガナレル：
どうかそのご心配はなきよう。私は全てを癒す治療法を心得ております、いざという場合にはそれを用いればよいのです。
ジェロント：
そこにお連れのお若い方はどなたで。
スガナレル：手の仕草でもって、それが薬剤師であるとほのめかし
これは……
ジェロント：
何でしょう？
スガナレル：
この人は……
ジェロント：
はあ？
スガナレル：
男です……
ジェロント：
なるほど。
スガナレル：
貴方の娘さんの治療に必要となる人なのです。

第６場

　　　ジャクリーヌ、リュサンド、ジェロント、レアンドル、スガナレル

ジャクリーヌ：
旦那さま、お嬢さまが少しお歩きになりたいと申されます。
スガナレル：
そいつは娘さんにとって良いことだ。さあ、お行きなさい、薬剤師の方。娘さんの脈拍を少し調べておくれ、そうすれば必要に応じ病のことを二人で正確に吟味できるようになるだろう。

嫌々ながら医者にされ

この時点で、スガナレルはジェロントを舞台の端に連れてゆく、そしてジェロントの両肩の上に片腕を置き、ジェロントのあごの下に自分の手を添える。そしてスガナレルはジェロントを自分のほうに向かせ、ジェロントが娘と薬剤師が一緒にしていることを観察しようとする暇(いとま)を与えない。その一方ジェロントの気を引こうとして次のような会話を交わす

ご主人、女性の方が男性よりも治りが早いかどうかを認識するのは、医者の間でも実に重要な問題になっています。済みませんが、よくお聞きいただきたい。ある医者はそうだと言い、またある医者はそうでないと言う。そしてこの私は、そうだともそうでないとも申し上げます。気分のムラは女性の自然の体質に存在する不可解なものであり、その激しい部分がいつも感受性に対し支配権を握ろうと望むものであるからして、彼女たち女性の意見のひずみは月の運行のずれによるということになります。そして、大地の凹みの部分に太陽がその光線を投げかけるのでありますが、その太陽があたかも……
リュサンド:(レアンドルに)
はい、私は決して自分の気持を変えたり致しませんわ。
ジェロント:
おやまあ、娘が口を聞いた！ 薬効の何たる功徳。ああ、実に賞賛すべきお医者さまだ。先生、この素晴らしい回復、貴方に何とお礼を申し上げてよいやら。そしてこのようなお仕事をされたあとでは貴方さまに一体何をして差し上げたらよいものか。
スガナレル:舞台を歩きまわり、額の汗をぬぐい
いささか骨を折りました！
リュサンド:
ええ、お父さま。私は言葉を回復しました。でも私が言葉を回復したのはこのことを貴方に申し上げるためです。すなわち私はレアンドル以外の誰とも連れ添うつもりはないし、貴方がいくら私をオラースに娶(めあわ)せようとしても無駄だと。
ジェロント:
だが……
リュサンド:
私の決心を揺るがすことは何ものもできません。
ジェロント:
何だと？

リュサンド：
結構なお言葉を並べても、私を思うようにさせることはできません。
ジェロント：
だが……
リュサンド：
貴方がいくら仰っても何の役にも立ちません。
ジェロント：
ワシは……
リュサンド：
私が決めたことです。
ジェロント：
しかし……
リュサンド：
父としての力を振るえば嫌な結婚をさせられると思ったら、大間違い。
ジェロント：
ワシはだな……
リュサンド：
いくらお説教しても無駄。
ジェロント：
いいか……
リュサンド：
私の心はこんな身勝手に身を委ねたりしません。
ジェロント：
それは……
リュサンド：
好きでもない人と結婚するぐらいならむしろ、私は修道院に参ります。
ジェロント：
だから……
リュサンド：激しい口調で話しながら
いいえ、どうあっても。嫌といったらイヤ。時間の無駄、私は何も聞きません。全て解決済みです。
ジェロント：
ああ。このことばの激しさ、抗うこともようできん。先生、お願いです。この娘をもう一度オシにしてくれませんか。

スガナレル：
そいつはいかなこのワシでも無理なことです。精々貴方のお役に立てるのは、よろしければ、貴方をツンボにすることぐらい。

ジェロント：
いやご免蒙ります。大体お前は……

リュサンド：
だめ。貴方の理屈はどれも少しも私の魂に響くことがありませんわ。

ジェロント：
今夜にでも、オラースと結婚させてやるぞ。

リュサンド：
それならむしろ死と結婚します。

スガナレル：
まあま。お二人とも、おやめなさい。この件の対処は私にお任せなさい。娘さんは病にかかっているのです、私は与えるべき治療法を知っております。

ジェロント：
先生、貴方はこの娘の恋の病も治すことが出来ると仰るのですか。

スガナレル：
はい、私に任せなさい。私はどんなものにも効く薬を持っています。そしてここにいる薬剤師がこの治療を手伝ってくれます。（薬剤師を呼び、話しかける）いいかい、よく理解して置け、一つにはこの娘さんがレアンドルとやらに抱いている恋心は完全に父親の意志に逆らっていること、二つ目には失うべき時間はいささかもないこと、三つ目にはこの娘さんの体液が甚だしく損傷していること、そして四つ目には迅速にこの病を癒す薬を見つけるのが必要であること、遅れれば遅れた分だけ症状を悪くさせてしまうからな。私の見方では方法は一つしかない。それは全てを押し流す下剤薬。結婚に関する秘薬を２ドラクマ分だけ練り込み丸薬にする。もちろんこの薬を飲むのを娘さんは嫌がるだろう。うまくやれるかどうかは有能な君の仕事ぶりに懸かっている。宥（なだ）めすかし何とかその錠剤を呑みこませるのだ。さあ行って、庭でも二人で散歩するんだな、そうして娘さんの体内の流れを変えてやりなさい。その間ワシはここでお父上と談笑している。だがとりわけ時間を無駄にしてはならんよ。薬を飲ませるのは急を要する。特別にあつらえた薬だぞ。

第7場

ジェロント、スガナレル

ジェロント：
先生、貴方がいま仰ったのは如何なる薬なのですか？　そんな名前今まで私は聞いたこともございませんが。
スガナレル：
緊急の必要時に、供する薬品でありますから。
ジェロント：
あの娘ほど無礼な娘を見たことがあるでしょうか。
スガナレル：
娘と云うものは、時としていささか頑迷になるものです。
ジェロント：
娘のレアンドルとかへの惚れよう、誰だって理解できるはずがありません。
スガナレル：
若い者たちの、血の熱気がそうさせるのです。
ジェロント：
娘の無分別を知ってから、あの娘をずっと閉じ込めていたのですが。
スガナレル：
それは賢明なことでした。
ジェロント：
そして二人が絶対連絡を取り合えないように引き裂いていたのです。
スガナレル：
結構ですな。
ジェロント：
あいつら二人が一緒にいるような目にあったら、私は眼を剝いてしまうでしょう。
スガナレル：
確かに。
ジェロント：
男と駆け落ちしかねない娘です。
スガナレル：
もって然り。

嫌々ながら医者にされ

ジェロント：
男が何とかして娘に連絡を取ろうとしていると、知らせがありました。
スガナレル：
何たる戯言(ざれごと)。
ジェロント：
でも奴は時間を無駄にすることになるでしょう。
スガナレル：
そうでしょうとも。
ジェロント：
どうあっても奴が娘に会うことは阻止してやる。
スガナレル：
貴方は見くびられる人間ではありません。出し抜こうとするなら、相手もよほど抜け目なくやらねばなりませんでしょう！

第8場

リュカ、ジェロント、スガナレル

リュカ：
なんてこった、旦那さま。一大事です。お嬢さまが例のレアンドルと逃げ出しました。あの薬剤師が奴だったのです。そしてこのお医者の先生こそ、このケッコウな筋書きを描いた張本人なのです。
ジェロント：
何だと。こんな風にしてワシを嬲(なぶ)り殺す気か！ よし、警視のもとへ行こう！ コイツが逃げださないようしっかり見張れ。この極悪人！ 裁判にかけて貴様を地獄へ突き落としてやる。
リュカ：
へん、ざまあ見やがれ。お医者の先生よ、アンタは首を括(くく)られるのさ。ちょっとでも、動くんじゃないぞ。

第9場

マルチーヌ、スガナレル、リュカ

マルチーヌ：
まあ、何てこと。このお宅を見つけるのに苦労した。アタシがアンタに教えてあげたお医者の消息を知らせておくれ。

リュカ：
ここにいる、もうすぐ首括りになるんだ。

マルチーヌ：
何だって？　うちの亭主が首括り！　一体何をしでかしたって言うんだい。

リュカ：
家のご主人のお嬢さまをアイツがかどわかさせたんだ。

マルチーヌ：
あら、可哀そうにアタシの亭主どのよ、首つりになるって本当かい。

スガナレル：
ご覧の通りだ。ああ。

マルチーヌ：
多くの人たちの目に晒されて、アンタはおめおめと死んで行かにゃならんのかい。

スガナレル：
俺りゃどうすりゃいい。

マルチーヌ：
せめて薪をちゃんと割ってくれていたら、少しはアタシのなぐさめになるものを。

スガナレル：
ふざけるな、くそ。お前は俺の心をずたずたにしてくれるわ。

マルチーヌ：
いいや、アタシは死に臨んでアンタが元気づくようにここにいるよ、そしてアタシはアンタが無事首を括られるのを見届けるまで、ここから立ち去らないさ。

スガナレル：
全くもう。

第10場

ジェロント、スガナレル、マルチーヌ、リュカ

ジェロント：
間もなく警視がやって来る、そしてお前はワシの望みのまま、当局がして下さる報いを受ける場所に行くことになるのだ。
スガナレル：手に帽子を持ち
なんてまあ。棒を何発でも構いません、打ちのめすことで、ご勘弁いただけませんでしょうか。
ジェロント：
いいや、いや。裁判で決着をつけよう……ところで、何だあれは？

第11場、最終場

レアンドル、リュサンド、ジャクリーヌ、リュカ、
ジェロント、スガナレル、マルチーヌ

レアンドル：
お父上さま、私は貴方の目の前にレアンドルとして名乗りを上げます。そしてリュサンドを貴方のお手元にお返し申し上げます。僕たちは示し合せて駆け落ちの計画を立てました、そしてどこかで結婚するつもりでした。でもこの企てはもっと立派なやり方に道を譲ったのです。僕はいささかも貴方の娘さんを略奪するつもりはありません、僕は貴方の手から娘さんを直にいただきたく望んでいます。僕が申し上げたいのは、お父上、たった今、手紙を受け取ったということ。その手紙では、僕の叔父が死に、僕がその全財産の相続人になったということです。
ジェロント：
これは天晴れ、紳士のお方。その気品あるお振舞いは実に敬服に値します。私はこれ以上ない喜びをもって、わが娘を貴方にさしあげることと致しましょう。
スガナレル：
これで医学も命拾いだ！
マルチーヌ：
アンタが首を吊るさなくて済んだ以上、医者になったことをアタシに感謝しな。だっ

てね、この名誉をアンタに得させる元となったのはこのアタシなんだからね。
スガナレル：
そうか、この俺が数えきれない棒打ちを食らったのもお前のせいだったのだな。
レアンドル：
その結果は万事よし。いちいち恨みつらみを言うには及ばないでしょう。
スガナレル：
よしと。お前が俺をこんな偉い地位にまで高めてくれたのに免じて、棒打ちを食らったことは忘れてやる。だが以後、お前は偉い地位にいるこの俺を大いに尊敬せねばならんぞ。そしていったん医者を怒らせたら、何が起こるか分からんものと胆に銘じておくことだ。

(幕)

モリエール

人間嫌い

[ものがたり]
アルセストは誠実廉直を旨とする青年。世の中のまやかしに我慢がならない。詩の評価を求められれば歯に衣を着せず述べ悶着をおこすし、裁判では正義が勝つと信じ裏工作をせず相手に負けてしまう。そんなアルセストでも恋のこととなると、自分の信条通りにゆかない。浮気性で陰口好きな若い未亡人、セリメーヌに振り回される。セリメーヌの女友達で嫉妬深いアルシノエのおせっかいで、セリメーヌがあちこちに恋文まがいのものをばら撒いていたのが分かる。問い詰めるアルセストに、セリメーヌは改心を誓うが、自分と一緒に田舎へ引っ込んでくれとの誘いには応じない。失望したアルセストは一人さびしく隠遁の道を歩もうとする。

【登場人物】

アルセスト…………セリメーヌを恋する男
フィラント…………アルセストの友人
オロント……………セリメーヌを恋する男
セリメーヌ…………アルセストに心を寄せる女
エリアント…………セリメーヌの従姉(*1)
アルシノエ…………セリメーヌの友人
アカスト　…………侯爵(*2)
クリタンドル………侯爵(*2)
バスク………………セリメーヌの家僕
元帥法廷(*3)の警備隊士
デュボワ……………アルセストの家僕

【人物関係図】

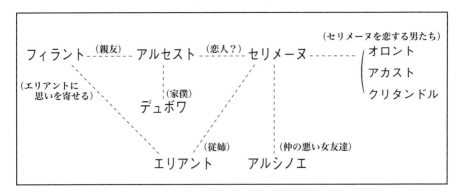

舞台はパリ

第一幕

第1場

フィラント、アルセスト

フィラント：
一体どうしたんだ？
アルセスト：
放っておいてくれ。
フィラント：
言ってくれ、おかしいじゃないか……
アルセスト：
頼むから放っておいてくれ、さっさと消えてくれ。
フィラント：
そう憤慨せず、少しは耳を貸せよ。
アルセスト：
僕は、憤慨したいんだ、人の話などちっとも聞きたくない。
フィラント：
どうして急にそうなるのか理解できない。
友人としてぜひ言わせてもらいたい……
アルセスト：
君が僕の友人だって？　それは君の書きつけから消してくれ。
僕はこれまでそうだと言ってはばからなかった。
だが君という人間が分かってしまったからには、
はっきりと言おう、僕はもはや君の友人ではないし、
腐敗した心を持つ人間たちとは、どうあっても一緒になりたくない。
フィラント：
アルセスト、そこまで謗(そし)られる謂(いわ)れはないぞ。
アルセスト：
いいか、君に羞恥心があれば死なねばならない。

あんな行動は弁解の余地がないはずだし、
名誉を重んじる人間ならみんな憤慨するはずさ。
君は誰だかに見せかけの好意をたっぷり示し、
そいつにとてつもない丁寧さで接する。
すり寄るわ、契るわ、請け合うわで、
大げさな抱擁までする。
あとであの男一体誰なんだいと聞くと、
そいつがどういう名前なのか言うこともできない。
元あった熱意は消し飛んでしまって、
揚句そいつのことを雑魚呼ばわりする。
ふん！　非難すべき、卑怯・低劣なことだ、
あんな風に心にもなくへりくだるなんて。
万一、同じようなことを自分でしたら、
僕は後悔からすぐに首を括ってしまうだろうさ。
フィラント：
これくらいの事で首を括らなきゃならないなんて、
心を広く持ってくれないか。
君のお裁きに少しお情けを下さり、
僕が死んだりせず済むよう。
アルセスト：
たちの悪い冗談を！
フィラント：
だが、本当のところ、君は一体人にどうしろというのだ？
アルセスト：
僕が望むのは、人が真摯であることと、名誉を重んじる人間として、
心からのものでない言葉は決して発しないということだ。
フィラント：
誰かが嬉々として君を掻き抱きに来たときは、
同じようにお返ししなければなるまい、
できるだけ、相手の熱意・誠意に応え、
申し出には申し出を、誓いには誓いを与えるべきだろう。
アルセスト：
いいや、僕はそうした腑抜けたやり方に我慢できない
当世の人々は皆それを好んでいるがね。

何あれそうした大げさで滑稽な身ぶりほど僕が憎むものはない
誓いを立てるのが肝心要だと思い込んでいる連中のやりよう、
ばか丁寧に取ってつけたような抱擁をする連中のやりよう、
無意味な言葉を慇懃に話す連中のやりよう、
こいつらときたら、礼儀正しさを後生大事に、
相手が紳士でも紛い物でも同じ風に扱う。
大体他人からおだてられて、何が面白いのだ
友情を、誠意を、熱意を、尊敬を、愛情を受けるにせよ、
いや轟き渡るような賛辞を受けるにせよ、
もしそいつが下司下郎にも同じことをしているのであれば。
いやいや、いささか高貴な魂の持ち主なら
こんな安売りされる賞賛なぞ望みはしない。
それにどんな褒め言葉だとてほとんど価値のない贈り物なのだ、
言う方が俗世間の連中と正しき人間をごっちゃにしているのであれば。
そんなものはあまりにご都合主義で、
賞賛でも何でもない。
こうした時代の悪弊にのめり込んでいるのだから、
君は僕と同じ世界の住人ではなくなる。
僕は途方もないへつらいの心を持った人間をはねつける
そうした奴らは他人の人となりについて何の見識も持たない。
僕が求めるのはこの僕と他の人間との違いが分かってくれる人だ。だから
誰にでも愛想を振りまくなんて芸当とは無縁だね。
フィラント：
でも社交界にいる以上、守らねばなるまい
しきたりに沿った何かしらの礼儀作法を。
アルセスト：
いいや、どうあっても咎められねばならない、
こんな恥ずべき上辺だけの親密さは。
僕は望む、人間が人間らしくあることとどんな場合でも
交わすことばの底には心が現れていることを、
人間同士の話はそうあってほしいし僕らの感情が
空しい褒め言葉で隠されてはならない。
フィラント：
だが場所によっては生真面目さが

滑稽になり許されないこともある。
時には、君の厳しい道義心に合わずとも、
自分の心にあるものを隠すのがよいのだ。
必ずしも礼儀にかなっていることになるだろうか
何千の人たちに自分が思っていることをありのまま言うのが。
そして自分が嫌っていたり気に入らない誰かがいる時、
その相手に事実をありのまま言わねばならないのだろうか。
アルセスト：
そうさ。
フィラント：
何だって。オバサンのエミリイに言おうというのか
アンタの年ではおめかしは似合わない、
アンタが塗ってる白粉（おしろい）は皆の眉を顰（ひそ）めさせるって。
アルセスト：
疑問の余地なく。
フィラント：
ドリラスに向かって、実に煩わしい、
宮廷ではうんざりさせるだけだ
自分の武勇と血筋の自慢をするのは、って。
アルセスト：
たいへん結構。
フィラント：
ふざけてる。
アルセスト：
ちっともふざけてない、
そしてこの点で誰も容赦するつもりはない。
僕の目は大いに傷ついている、宮廷も町中（まちなか）も
僕を不機嫌にさせるものしか見せはしない。
気分が悲しみと憂鬱でいっぱいになる、
宮廷でも町でも人々がしたいようにして生きているのを眼にすると。
至るところで見つけるものはただ卑怯なへつらい、
不正、打算、裏切り、ペテン。
もうそれに耐えられない、怒りを感じる、それで僕がするのは
人間全体に真正面から反対することだ。

フィラント：
そう決めつけるのはちょっと急ぎ過ぎだ、
君に鬱の気が出るにつけ思わず笑ってしまう、
僕らは同じ教育を受けた二人ながら、
「亭主学校」に出てくる兄弟よろしく、
ずいぶんと……
アルセスト：
いや。嬉しくない喩えはよしにしてもらおう。
フィラント：
だったら、そうして何もかも腐すのは止めたまえ。
君の行動で世間が変わるものではない。
そして真摯さこそが君の大事なこだわりである以上、
僕は包み隠さずに言おう、君の病は、
行く至るところで、茶番を生んでいる、
時代の風潮に対し怒りまくる君は
多くの人にはこっけいな人物に映っている。
アルセスト：
それは結構。結構だ、それこそ僕が望むところ、
僕にとって目出度いかぎりだ、喜びはその分増す。
全ての人間が僕には忌まわしくてたまらない、
だから誉められたりしたら却って腹が立つ。
フィラント：
君は人間というものの在りようを呪いたいのか！
アルセスト：
ああ、僕は人間の性質に対しぞっとするような憎しみを抱いている。
フィラント：
可哀そうに人間は、どんな例外もなしに、
君の嫌悪の対象となるというわけか。
それにしてもだ、僕らが生きているこの世界にだって……
アルセスト：
いいや。嫌悪は全員にだ、僕は全ての人間を忌み嫌う。
ある連中は、ずるがしこいがゆえ、
またある連中は、他人にすり寄ることだけ覚え、
世間に対し僕のようなこうした強い反感を持たない

ひどい行いを見て有徳の人間なら感ずるのが本当なのに。
こうした見て見ぬふりはどこでも目につく
例えば僕の訴訟相手である正真正銘の悪党に対してすら。
そいつが仮面を被っていても僕らはちゃんとこの不実な人間の素顔を知っている。
至るところでそいつの正体はバレている。
奴がいくら目を瞬き猫なで声を出しても
この町では騙される者などいない。
なのに、この粗野で教養が無くやり込めるに値する人物は、
汚いやり方で世の中をのし上がってきた、
そしてそのやり口で正体をごまかしキラキラと身を飾り
徳ある人の眉を顰めさせ心ある人の顔を赤くさせているのだ。
どこにおいてもならず者と後ろ指をさされるが、
哀れにも奴を庇おうなんていう人は出てこない。
そいつを名づけよう、ペテン師、破廉恥漢、呪われた極悪人と、
皆がそのことを認めている、誰もそれに異議を申し立てない。
なのに奴の真面目くさった顔つきは行く先々で厚く迎えられる。
人々は奴を受け入れ、笑いかけ、あちこちで場を与える。
そしてもし奴が策略を練って狙う地位があれば、
どんな紳士をも尻目にそれを奪い取るのは眼に見えている。
くそっ。僕には死ぬほど辛いことだ、
こうした悪徳を持つ人間に折目正しく接する連中がいるのを見ると。
そして時々僕は瘧のようなものに襲われる
人里離れたところへ逃れて人に会うのをもうよそうかと。

フィラント：
まあ、時代の風潮について余り心配するのはやめよう、
そして人間にいささか寛容になってやろう。
人を厳格に品定めするのはよして、
その欠陥を心静かに見守ろう。
この世の中には、穏やかな徳が必要だ。
分別がありすぎると、人からとやかく言われる。
まっとうな理性は全ての極端さを追い払うものだし、
人がほどほどの賢明さを持つよう求めるものだ。
君のように古い時代の美徳にこだわるのは
いまの時代の常識に大いに反する。

こうしたこだわりがあると人間に対し過剰な完璧さを要求することになってしまう。
頑なにならず、時代には歩み寄らねばなるまい。
無分別というものだよ如何なるときであれ
世直ししようなどとおせっかいを焼くのは。
君と同じく、僕も毎日百のことに気づいている、
別の風にすればもっとうまくゆくのにと思う事柄に。
でも僕は何が現れようといちいち、
君みたいに、怒り狂ったりはしない。
人間をあるがままにすべて穏やかに受け入れる
世の人々の動きに合わせるよう自分の魂を慣らすのだ。
僕は感じる、宮廷においても町中においても、
君の苛立ちよろしく僕の冷静さは研ぎ澄まされていると。
アルセスト：
しかし君、その冷静さは深く思いを致したもので、
何にも動揺しないなんてことがあるのかい。
もし偶々、誰か友人が君を裏切ろうとか、
財産をくすねようとか、
悪意ある噂をばら撒こうとかするとして、
君はそれを慣らずに眺めることができるというのか。
フィラント：
君が言いたい悪しき事柄が何かよく分かる。
人間の本性につきまとう悪徳だ。
だからって僕の心は気落ちしたりしないさ。
ずるい、不当な、私利私欲を求める人物を見ても、
生肉に飢えたハゲワシを、
畑を荒らすサルを、獰猛なオオカミを見るのと同じように。
アルセスト：
僕は裏切られ、ずたずたにされ、盗まれるんだ
それでも……いや、もう話したくない
君の説得自体がつまらない喩えに溢れているのだから。
フィラント：
いいかい。君は沈黙を守るのがいい。
君の訴訟相手に対していら立つのじゃなく、
もうちょっと訴訟自体に身を入れてはどうだ。

人間嫌い

アルセスト：
そんなことはしない、もう決めたんだ。
フィラント：
だが一体誰が君の訴訟にひと肌脱いでくれる？
アルセスト：
誰かって？　理性と僕の正当な権利と正義がさ。
フィラント：
どの裁判官のところへも挨拶(あいさつ)に行かないのか。
アルセスト：
行かない。僕の主張が不当で危ういとでも言うのか。
フィラント：
そんなことは断じてない。だが根回しは絶対に必要だ、
で……
アルセスト：
いいや。決めたんだ一歩たりとも動かないと。
僕は間違っているか正しいかだ。
フィラント：
そんなに片意地張るなよ。
アルセスト：
僕に迷いはない。
フィラント：
君の訴訟相手は手ごわい、
裏工作をして、自分に都合よく事を運んでゆくぞ……
アルセスト：
大したことではない。
フィラント：
君は貧乏くじを引いてしまう。
アルセスト：
いいだろう。僕はこの結果を見守りたい。
フィラント：
だが……
アルセスト：
自分の訴訟に負ければかえって嬉しく思うさ。

フィラント：
やれやれ……
アルセスト：
この裁判で、僕は知ることになるだろう、
人間が厚かましくて破廉恥、
悪意に満ち、ずるがしこく、不道徳であるかどうか、
世間の眼がこの僕を貶(おとし)めるのを許すかどうか。
フィラント：
何という奴。
アルセスト：
この身に何が起ころうとも
僕の正義が否定されればそれはそれで面白い。
フィラント：
人は君をバカにするぞ、アルセスト、本当だ、
そんな風に話しているのを聞いたなら。
アルセスト：
笑われても構わない。
フィラント：
だがこの実直さ
それを君は後生大事に、
旗印に掲げているが、
その実直さがここで君が愛している女性の中にあるというのかい。
僕は何とも不思議でならない、
人間全体とこんなに仲たがいしていて、
君にとって人間はみな憎むべきものであるはずなのに、
君の眼があの女性に魅入られただなんて。
そしてさらに驚くこと、
それは君の心がはまり込んでいる抜き差しならない迷路だ。
誠実なエリアントは君に好意を抱いている、
取り澄ましたアルシノエは君を意味あり気な眼差しで見ている。
それなのに君は素知らぬふり、
一方当のセリメーヌは君の心を愛の絆で縛ってるが、
その思わせぶりで陰口好きの心根(こころね)ときたら
今日(こんにち)の風潮からしても大いに忌々(ゆゆ)しきものと言えるんじゃないか。

人間嫌い 183

現代の風潮に死ぬほど辛い憎しみを抱きながら、一体どうして
君はこの美女がそれに染まっていると許すことができるのだ。
美しい恋人にあってはもはや欠陥ではないとでもいうのか。
君にはそれが見えないのか。それとも許しているのか。
アルセスト：
いいや、あの若い未亡人を恋しく思ってはいてもそれで
他の人に見える欠点が見えないわけじゃない、
確かに胸のときめきは激しいが、
欠点は欠点として真っ先に僕の眼に映る。
だがそうであっても、何であれ、
僕は自分の弱味を認める、あの人は僕を喜ばす術を心得ているのだ。
いくら彼女の欠陥を目にしても無駄、いくら彼女をそのことで非難しても無駄、
不本意ながら、知らずにあの人を愛するようになってしまっている。
彼女の魅力はたまらなく強い。だがいずれきっと僕の恋の焰で
あの魂が染まっている時代の悪弊を消し去ってやる。
フィラント：
それができるなら、大変結構なことだ。
ところで君は彼女に愛されていると思っているのかい。
アルセスト：
勿論。
愛されていると思わなければ、愛したりしないさ。
フィラント：
だが君に対する彼女の好意がはっきりしているのなら、
一体どうして恋敵たちのことで苦しんだりするのだ。
アルセスト：
焦がれる心は、相手が完全に自分のものだと思いたいのさ、
それで僕は彼女にはっきり言おうと思ってここにきたのだ
この思いのたけを。
フィラント：
僕ならば、そうした切ない気持を抱くなら、
彼女の従姉のエリアントこそ恋する相手として相応しいと思うがな。
あの人は君を認めているし、心はまっすぐで揺るぎがない、
こうした選択こそ君の恋にふさわしかろう。

アルセスト：
たしかに。僕の理性が毎日そう語りかけてくる。
だが理性で恋がどうこうできるものでない。
フィラント：
僕は君の恋の焔のことが心配だ。そして君が抱いている期待は……

第2場

オロント、アルセスト、フィラント

オロント：
下の階で聞きました、買い物か何かで、
エリアントさんが出かけて、セリメーヌさんもご一緒だと。
でも貴方がここにおられると聞いたので、
上がって来ました、それも心からの気持をお伝えしたくて、
私は貴方に畏敬の念を抱いており、
長い間、願って参りました
是非お近づきになりたいものと。
ええ、私には有徳の士を見抜く力があると自負していますし、
私たちが友情の絆で結ばれることを深く心に念じているのです。
こう言っては何ですが私のような身分の者がこうした誠意を示せば、
よもや付き合いを断られることはあるまいと承知しています。
あの、貴方に言葉を掛けているのですが。

　　この一節の間、アルセストは思いに耽っているのか、オロントが自分に話しかけ
　　ているのが聞こえないかのよう。

アルセスト：
僕にですって。
オロント：
貴方にです。ご不快でしょうか。
アルセスト：
いえ全然。でも大変驚きました、
こんな名誉をいただくとはつゆ思いませんでしたから。

オロント：
私が敬意を抱いたからとて驚かれるには及びません、
貴方はそれを堂々と受け取って下さればよろしいのです。
アルセスト：
いや……
オロント：
大臣といえども貴方より上であろうはずがありません
誰もが貴方に感じるその素晴らしい人となりの点で。
アルセスト：
それは……
オロント：
私には、貴方こそ喜んで縁(えん)を結びたく思うお方です、
どの大臣のどの美点より優れたものをお持ちの貴方と。
アルセスト：
いや……
オロント：
もし私が嘘をついているなら、天が私を懲らしめられますことを！
それで、ここで私の思いを確かめてもらうために、
どうかお許し下さい、私が心より貴方を抱擁し、
そして貴方の友情をお分けくださるよう願いますことを。
さあ握手を(*4)。お願いです。お約束くださいますね、
貴方の友情を。
アルセスト：
まあ……
オロント：
何ですか。ためらわれるのですか。
アルセスト：
いや、貴方のお気持は余りな名誉です。
でも友情というものにはいささかの熟成が要ります、
そもそもその名の神聖さを汚すことになります
あらゆる折に友情を着せかけようとするのでは。
この結びつきは理性の光と正しい選択眼のもとに生まれるべきもの。
親しく結ばれる前に、互いにもっとよく知り合わねばなりません。
気分に任せ流れに乗ろうとしたら、

のちのち交際を悔いることになるでしょう。
オロント：
まさしく。そのように話されるのは良識ある人間であればこそ、
ますます貴方を高く評価したくなりました。
心地よい縁(えにし)が生まれるのを共に待ちましょう。
とはいえ、私は心底貴方のためにこの身を捧げます。
もし宮廷へのなにがしかのトバ口が必要なら、
ご承知のように私は王の側仕えとして幅を利かせています。
陛下は私のいうことなら何でも聞いて下さいます。よしなに計らってください ます。
私のこととなるとじつに親身になってくださいます。
私はどんなことでもすべて貴方のお役に立つつもりです。
それで知性に彩られた貴方の精神を糧(かて)とし、
私たち二人の麗しき交わりを始めるにあたり、
最近作ったソネットをお見せしたく存じます、
そしてそれが世に出すにふさわしいものかどうか伺いたく。
アルセスト：
僕はそうした判断を下すには相応しくないですよ。
どうかその点に関してはご赦免あれ。
オロント：
どうして。
アルセスト：
僕には欠点があります
そうした点に関してはいささか率直すぎるという。
オロント：
だからこそお願いするのです、そして逆に不平を鳴らすでしょう
ありのまま話していただこうと心を開いているのに、
その気持を汲まず、おざなりな批評をなさるとしたら。
アルセスト：
それほどまで仰(おっしゃ)るなら、やってみましょう。
オロント：
ソネット……これはソネットなんです。希望……相手はご婦人
私の恋心を何がしかの希望であおった方です。
希望……これは荘重な詩ではありません、
でも甘く、優しく、やつれた小唄です。

　　　　彼は時々間を置きアルセストを凝視する
アルセスト：
では伺いましょう。
オロント：
希望……この詩の文体が
貴方にとってすっきりしてよどみないかどうか分かりませんし、
言葉の選び方に満足なさるかどうかも分かりません。
アルセスト：
さあ伺いましょう。
オロント：
しかもですね、お分かりいただけますか
これを作るのに 15 分しかかけなかったのです。
アルセスト：
さあさ。時間と効果は関係ありません。
オロント：
　希望は、そう確かに、我々を助け、
　ひととき我々の非痛を和らげる。
　だが、フィリスよ、一層哀しいのだ、
　何物も希望のあとに歩んでこない場合は！
フィラント：
ほんの断片だけ聞いてもうっとりです。
アルセスト：
何だと。君は能天気にもこれが素晴らしいと思うのか。
オロント：
　貴女は心配りしている。
　でも貴女はそれをもっと少なくせねばならない、
　そして桁外れの思いやりを慎んでほしい
　私に希望しか与えられないならば。
フィラント：
ああ！　一節一節に何と優雅なことばが埋め込まれていることか。
アルセスト：小声で
バカ！　卑しいおべっか使いめ、君は愚かしい文句を褒めるのか。
オロント：
　永遠の待つ時間が

私の熱情を端まで追いやらねばならないならば、
　他界こそが私の最後の手段だ。

　貴女の気配りが私を楽しませることはできない。
　美しいフィリスよ、我は絶望する、
　いつも希望ばかりが大きい時には。
フィラント：
最後のくだりが気が利いていて、愛が満ちあふれていて、見事だ。
アルセスト：小声で
語るに堕ちたか！　うんざりさせるバカ者め、
とんだ見え見えのお追従だ。
フィラント：
これほど技巧を凝らした詩を聞いたことがありません。
アルセスト：
畜生！……
オロント：
おだてないでください、分かってます……
フィラント：
いいえ、いささかもおだててはおりません。
アルセスト：小声で
だったら何してるのだ、裏切り者め。
オロント：
いいですか。さっき約束したこと御承知ですよね。
批評して下さい、お願いです、率直に。
アルセスト：
いや、こうしたものはいつも微妙なのです、
誰もがみな、自分の才気を褒められると嬉しいものですから。
それがある日、誰だかに、とくにその名は秘しますが、
僕はこう言ったことがあるのです、その人我流(がりゅう)の詩を見てね、
紳士たるものは常に抑えておかねばならない
身のうちに湧く書きたいという欲望を。
逸(はや)る気持に対し手綱を締めねばならない
油断すると感情の赴くまま突っ走ってしまうものだからと。
自分の著作を世に示したいという欲望のため、

人間嫌い　189

人は恥ずべき人物の役回りを演ずることになりかねないと。
オロント：
私のことを仰っているのですか。
私が望むのは間違っていると……。
アルセスト：
そうではなくて。
でも僕はこう申しました、まず感動を与えない作品は人をうんざりさせるだけだ、
またこの欠点だけで人から嘲りを受けるには充分だ、
さらにいくら他の面でどんなよい資質を有していても、
世間は否定的な面からしかその人を見なくなると。
オロント：
私のソネットに文句をつけるのですか。
アルセスト：
そうではなくて。でも、書き物は遠慮なさいと、
僕はその人を諭{さと}したのです
今の世の中この渇きが立派な紳士たちを如何に傷つけてきたかと。
オロント：
私の書き方がまずいと。私はそんな人と同じだと。
アルセスト：
そうではなくて。でもダメ押しに、僕はその人に言ったのです、
詩をつくる何か差し迫った必要が貴方にあるのですか。
誰が貴方に印刷を勧めるのですか。
よくない本の出版が許されるとしたら、
それでもって生活する貧しい者に対してのみです。
いいですか、自分の誘惑に抗さねばなりません、
こうした出版活動には距離を置くべきです。
そして如何に人におだてられようと、捨ててはなりません
宮廷で貴方が紳士として博している名声を、
業突くばりな印刷業者の手を煩わせた代償に
バカ臭くて下らない作家の肩書をもらおうなんて。
そんな風に僕はその人を分からせようとしたのです。
オロント：
そいつは結構なことですな、貴方の仰{おっしゃ}ることが分かりました、
でも一体私のソネットのどこが……。

アルセスト：
率直に言えば、それはトイレに置くのにふさわしいものです。
貴方はひどい手本に習いましたね、
そして貴方の言い回しは自然さが少しもありません。
何ですか、*ひととき我々の非痛を和らげる*、ですって？
また何ですか、*何物も希望のあとに歩んでこない場合は！*ですって？
何ですか、*思いやりを慎んでほしい*
私に希望しか与えられないならば、ですか？
そして何ですか、*フィリスよ、我は絶望する、*
いつも希望ばかりが大きい時には、ですって？
このもって廻った表現は、ご自身は満足でしょうが、
よき形式と本質から外れています。
それは言葉の遊び、ただの気取りに過ぎません、
こんな風にして人間の本性を語れるものではありません。
こうした今の世の俗悪な趣味にはほとほと呆れます。
僕らの先祖は粗野ではあっても、もっとよい趣味を持っていました、
皆が賛美する作品はいろいろありますが僕は心を動かされません、
こんなような昔の小唄ほど。

　　王様がくれても
　　この大都市パリを、
　　それでオイラに捨てさせようとしても
　　可愛いあの子の愛を、
　　オイラはアンリ王さまに言うのさ。
　　パリはお返し申します
　　オイラはあの子のほうがいい、あら楽し！
　　オイラはあの子が好きなのさ。

韻は豊かでないし、文体は古くさい。
でもこちらのほうがずっといいと思いませんか
教養レベルが疑われる例の安ピカ物より、
そして熱情こめて純に語っていると思いませんか？

　　王様がくれても
　　この大都市パリを、
　　それでオイラに捨てさせようとしても
　　可愛いあの子の愛を、

人間嫌い

オイラはアンリ王さまに言うのさ。
パリはお返し申します
オイラはあの子のほうがいい、あら楽し！
オイラはあの子が好きなのさ。
これこそ本当に愛した心が言いうることです。
　　　フィラントに
おい、ニタニタ顔のお方、才気ある貴方がたはご不満でしょうが、
僕は飾り立てた荘重さよりこちらのほうを高く買います
やたらに賞賛を煽（あお）ろうとする作品よりも。

オロント：
それでも私は、自分の詩が良いものだと信じています。

アルセスト：
そうであるという貴方なりの理由をお持ちのでしょう。
しかしその点に関し僕は別の見方をすることがお判りでしょう、
貴方のお考えに同意することはできかねます。

オロント：
他の人が評価してくれればそれで私は充分です。

アルセスト：
本心を隠す技術をお持ちの方もおられましょうが。僕はそうではありません。

オロント：
そういう貴方は自分に優れた才があると思っているのですか。

アルセスト：
貴方の詩を賞賛できるものなら、僕は一層の才があるということになるでしょう。

オロント：
貴方が私の詩に賛同くださらなくとも結構。

アルセスト：
済みません、御期待に沿えず。

オロント：
一つためしにお願いできませんか、
貴方が同じ主題で詩を編むことを。

アルセスト：
残念ながら、それに関しては僕はもっと悪い作品を作ってしまいかねません。
でもそうした場合ひとに見せないように気をつける事でしょう。

オロント：
随分とはっきり言ってくれますね、偉そうな態度……
アルセスト：
別のところで貴方を褒めてくれる人を探してください。
オロント：
でも、小粋な紳士どの、高飛車に出るのをちょっと控えては如何かな。
アルセスト：
へえ！　立派な紳士どの、必要な態度を僕は取るまでです。
フィラント、二人の間に割って入る
フィラント：割って入って
ああ！　皆さんがた、やり過ぎです。そこまでにしてください、お願いだから。
オロント：
ああ！　私は間違っていた、目が覚めたぞ、ここを出てゆこう。
いや、私は貴方の取るに足りない僕(しもべ)でございます、心より。
アルセスト：
そしてこの僕は、こちらこそ、貴方の卑しき僕(しもべ)でございます。

第３場

フィラント、アルセスト

フィラント：
おいおい！　分かるだろ。バカ正直め、
困ったことがこれから君にのしかかってくるぞ。
僕には判る、オロントは、褒められたくて……
アルセスト：
もういいだろう。
フィラント：
だけど……
アルセスト：
付き合わないぞ。
フィラント：
そいつはあんまり……

人間嫌い　193

アルセスト：
放っておいてくれ。
フィラント：
もし僕が……
アルセスト：
言葉は無用。
フィラント：
でも何故……。
アルセスト：
聞きたくない。
フィラント：
しかし……
アルセスト：
まだ何か。
フィラント：
物事には……
アルセスト：
ふん。全く、もうたくさんだ。僕の後を追わないでくれ。
フィラント：
何を冗談を、僕は君と離れたりするもんか。

*1　訳文ではエリアントのほうが年上とした。
*2　イギリスでの王、公、侯、伯、子、男の序列をイメージしない方がよい。
　　『女房学校批判』『ヴェルサイユ即興』に見られると同じく、
　　ここでの侯爵は二流の貴族であって、
　　滑稽で、自惚れた・愚かな人物として描かれている。
*3　貴族裁判所の一種。
*4　当時の握手は親愛の情の印であり気軽なものではなかった。

第二幕

第1場

アルセスト、セリメーヌ

アルセスト：
思い切って言わせてもらう。
君のしていることが僕には気に入らない。
不満ではちきれそうだ。
このままでは別れなければならないかもしれない。
違うと言えばウソになる。
きっと遠からず僕らは別れることになる。
そうならないようにしたいけれど
自分の力じゃどうにもならない。

セリメーヌ：
あら貴方は私を咎めるために
宅(たく)まで送って下さったの。

アルセスト：
咎めはしない。でも君は
誰にでも気安く心を開きすぎる。
君には取り巻きが多くいすぎて、
僕の胸は穏やかでない。

セリメーヌ：
お付き合いをするのが悪いというの。
私のことを憎からず思ってくださる方を邪険にできるでしょうか。
わざわざ会いに来てくださる方を、
棒を持って追い出せというわけ？

アルセスト：
そうではない、手に取らねばならないのは棒でなく、
節操(みさお)を大切にする心だ。

君はどこに行っても人を惹きつける。
だが気安くするから皆その気になる。
相手に優しく接するから
君の虜となって離れがたくなってしまう。
期待を持たせすぎるから
彼らはしつこく付き纏うようになる。
ちょっと思わせぶりを控えれば
のぼせ上がった男たちは散ってゆくはずだ。
ところで教えてほしい、なんの具合で
クリタンドルにあんなにちやほやするのだい。
どんな素晴らしいところがあって
彼は幸せにも君のもてなしを受けるのだろう。
小指に長い爪を伸ばしているからなのか
誰の眼にも特別扱いを受けていると見えるが。
社交界の方々よろしく君も引かれるのか、
あのブロンドのカツラの華々しさに。
例の大きなひざ下飾りが素敵だというのか。
沢山のリボンに君は参ったのか。
ゆったりズボンの恰好よさで
彼は君の子飼いとなり君の関心を買うことになったのか。
あるいは彼の笑い方とその高調子（たかちょうし）の声が
君の心を打つ秘訣なのか。
セリメーヌ：
可笑しいわ、穿（うが）ちすぎです。
私があの方を丁寧に扱っているのは、
訴訟のことで、約束してくれたからです、
ご友人を巻き込んで私の応援をしてくださるって。
アルセスト：
訴訟なんて負ければいい、毅然として、
そして僕が気にする競争相手には素っ気なくしてほしい。
セリメーヌ：
貴方って世の人全部を妬（ねた）んでいらっしゃるのね。
アルセスト：
君が誰でも受け入れるからだ。

セリメーヌ：
そのほうが貴方の心も落ち着くでしょ、
だって皆さんに同じようにしているのですもの。
ですから腹をお立てになる理由などない、
誰か一人に気持を捧げているわけでないのですから。
アルセスト：
でも、焼餅を焼きすぎると非難するが、
僕は他の連中以上のものを君からもらっているだろうか。
セリメーヌ：
自分が愛されていることが分かればそれで充分じゃなくて。
アルセスト：
この一途に燃える恋心がそれを信じる証しを見せてほしい。
セリメーヌ：
何をしろと言われても、
こうして心を打ち明けているのがその証しです。
アルセスト：
しかしどうして分かるだろう、今だって、
君が同じことを他の人間に言ってはいないと。
セリメーヌ：
なるほど、恋人らしい有難いお言葉、
貴方は私を情の無い女呼ばわりするのね。
いいわ。貴方からそんな心配を取り除くために、
今言ったことばを全部取り消します、
そうすれば貴方は自分以外には裏切られないということになります。
それでよいでしょ。
アルセスト：
本当にもう！　こんな君を愛さねばならないなんて。
ああ、君の手から自分の心を取り戻すことができれば、
そんなあり得ない事態が起これば嬉しくて天を称えることだろうに。
隠さず言おう、できる事は全部やったと
自分の心からこの腐れ縁を断ち切るために。
けれどどんなに頑張ってもダメだった、
君を愛してしまったのは僕の罪だ。

人間嫌い　　197

セリメーヌ：
確かに、貴方の私への愛情は類(たぐい)ないものですわね。
アルセスト：
ああ、その点については誰も寄せ付けない。
僕の愛の深さは理解されないかも知れない、でも
誰であれ僕がするようには愛せないはずだ。
セリメーヌ：
そうね、やり方は何だか変わってますけれど、
だって愛するのに喧嘩をふっかけるのですもの。
貴方の愛のほとばしりは耳触りな言葉として出てくるだけ、
貴方ほど口やかましい愛情はどこでも見られるものでないわ。
アルセスト：
とにかくこの悩みが消えるかどうかは一(いつ)に君に掛かっている。
お願いだ、つまらぬ諍(いさか)いはやめにして、
心を開いて語り合い、もう止めよう……

第２場

セリメーヌ、アルセスト、バスク

セリメーヌ：
何ですか？
バスク：
アカストさまがお見えです。
セリメーヌ：
あら。上がっていただいて。
アルセスト：
何だって。二人きりで話ができないのか。
いつも社交界の人たちが来るのが前提になっている。
ほんの片時も、君は我慢できないのか、
自分の家にひとを入れずに済ませることを。
セリメーヌ：
私があの方と問題を起こすのをお望み？

アルセスト：
あんな奴が何だというんだ、気に入らない。
セリメーヌ：
あの方は決して私を許したりしませんわ、
自分が来ると私がうんざりするのを知ったら。
アルセスト：
それで彼を受け入れると言うのか、別にどうということないだろ……。
セリメーヌ：
あら。ああした方への配慮って大切よ。
どうしてだか分かりませんが、ああした方々は
宮廷で声が響く力をお持ちなのです。
どんな問題にも立ち入るのをご存じでしょ。
役に立つわけではありませんが、人の邪魔はできるのです。
だから力になってくれる人が他にいたとしても、
こうした口やかまし屋の方々と決して仲たがいしてはいけないの。
アルセスト：
いずれにせよ、どんな理由をつけても、
君は誰でも受けいれるってわけだ。
そして君の慮（おもんぱか）りなんてものは……

第3場

バスク、アルセスト、セリメーヌ

バスク：
さらにクリタンドルさまがお見えです、奥様。
アルセスト：
ようし。
　　彼は出てゆく仕草をする
セリメーヌ：
急いでどこに。
アルセスト：
出てゆきます。

セリメーヌ：
残って。
アルセスト：
何のため。
セリメーヌ：
だから残って。
アルセスト：
そうはいかない。
セリメーヌ：
そうして頂きたいの。
アルセスト：
ここには用がない。
あいつらと喋っても苛立つだけ、
あいつらとのおしゃべりで被害を蒙(こうむ)るのはまっぴらだ。
セリメーヌ：
いて下さい、いてくださいったら。
アルセスト：
無理だ。
セリメーヌ：
そう。じゃ行って、出てって、何でもご自由よ。

第4場

　　　　エリアント、フィラント、アカスト、クリタンドル、
　　　　　　アルセスト、セリメーヌ、バスク

エリアント：
侯爵さまお二人が上がって来られます。
宜しいかしら。
セリメーヌ：
ええ。皆さまに椅子を。
　　アルセストに
出て行かないの？

アルセスト:
行かない。でも、お願いだ
彼らなのか、僕なのか、気持をはっきりさせて頂きたい。
セリメーヌ:
黙って。
アルセスト:
ここではっきり説明してほしい。
セリメーヌ:
貴方は正気を失っているのね。
アルセスト:
ちっとも。君は自分の考えを述べるのだ。
セリメーヌ:
まあ。
アルセスト:
さあ覚悟して。
セリメーヌ:
ふざけてらっしゃるの。
アルセスト:
いいや。決めてくれ、辛抱はつらい。
クリタンドル:
いやいや。今ルーブル宮から戻りました、陛下のお目ざめの儀式でクレアントが、
とんでもないバカをしでかしましてね。
友人がいないのでしょうか、奴のやり方に、
親切な忠告をして知恵を巡らせてやれる友が。
セリメーヌ:
社交界では、全く、あの方は物笑いの種、
どこにいてもお振舞いは目立ちます。
ちょっとご無沙汰したあとでまた会うと、
その突飛さがますます進んでいて。
アカスト:
なんと。突飛な人間のことを話題にするなら、
私は先ほどその点ではもっと疲れる人間からとんだ迷惑を蒙りました。
あの理屈屋のダモン、何とまあ、あいつのお陰で
陽射しが照りつける中１時間も、駕籠の外に引き出されたままでした。

セリメーヌ：
話し好きで変わった方ですね、
いつも大言壮語で空っぽなことを喋りまくって。
何を言おうが、私たちにさっぱり分かりません、
聴くことばはすべて雑音でしかないのです。
エリアント：フィラントに
滑り出しは好調ね。隣人の悪口は
会話を盛り上げますもの。
クリタンドル：
さらにティマントは、大した性格ですね。
セリメーヌ：
あの人は頭のてっぺんからつま先まで隠しごとだらけ、
通りがかりに思わせぶりな一瞥を投げかけ、
そして取り立てて仕事もないのに、いつも忙しそう。
如何にも真面目そうな顔で喋るのです。
勿体ぶった態度にも、うんざりだわ。
決まってここぞという時、急に声を潜め間を置き、
内緒の話をするのですが、何も中味がないの。
どうでもよいことをあの人は大げさに秘密めかして、
今日(こんにち)はという挨拶さえ、人の耳元でささやくのです。
アカスト：
では、ジェラルドは如何(いかが)。
セリメーヌ：
退屈な話し相手だこと。
殿さま意識が片時も抜けないのね。
まばゆいばかりの交友関係が自慢で、
口を開けば、公爵、大公、殿下、妃殿下。
頭に上(のぼ)っているのは社会的身分のことだけ。それで話すことといったら
狩り、馬、猟犬といったことばかり。
身分の高い方々の話をするのでも、君(くん)呼ばわりし、
閣下・御前(ごぜん)などと尊称をつけるのはとうに頭にないのです。
クリタンドル：
彼はベリーズと親密なようですね。

セリメーヌ：
情けない女性よね、面白味のない会話しかできない。
あの人に来られると、大変な苦痛です。
何か話題を探してたえず汗をかかねばなりません、
そしてあの方の言葉の乏しさは
いつも決まって会話を途切れさせてしまう。
あの愚かな沈黙に立ち向かうのは、処置なし、
全ての常套句(じょうとう)を動員しても
いい天気とか雨だとか、寒いとか暑いとか続けても
彼女相手だとやがて表現を汲みつくしてしまいます。
あの方の訪問は、実に耐えがたいものですが、
恐ろしいぐらいだらだら長引くのです。
それで時間を尋ねたり、20回あくびをしたりしても、
あの人は切り株のようにほとんど動こうとしないの。
アカスト：
アドラストについてはどう思いますか。
セリメーヌ：
ああ！　極端に傲慢なお方。
自分可愛さでいっぱい。
才能が宮廷で認められないのが不満で、
毎日宮廷の悪口をいうのが日課になっていて、
他の人が官職や聖職をいただくのを見ると、
自分は持っている力を正しく評価されていない、などと僻(ひが)むの。
クリタンドル：
でも若いクレオン、今日(きょう)びは尊敬すべき立派な人々がこぞって
彼の邸(やしき)に行きますが、彼のことをどう思います。
セリメーヌ：
あの人は雇っている料理人のお蔭で一目置かれているのです、
皆さまがあそこへ足しげく通うのはお料理目当て。
エリアント：
洗練された料理を出すことに腐心していますものね。
セリメーヌ：
そうね。でも彼があまり深くかかわらないでほしいのです。
その性格と同じく詰まらない料理になりますから、

こう言っては何ですが、出してくる料理全体をぶち壊しかねません。
フィラント：
彼の叔父上のダミスは重厚な人物と見られていますが。
ダミスについては如何お考えですか。
セリメーヌ：
あの方は私のお友達の一人です。
フィラント：
私はあの人を立派な方だと思いますよ、しかも賢明な。
セリメーヌ：
ええ。でも残念なのは才気をひけらかしがちなこと。
たえず勿体ぶって。どんな発言をしても、
何か機知に富んだ言葉を吐こうとするのが見え見え。
自分で教養人になろうと決めてから、
何も彼も心をくすぐるものはないし、ますます気むずかしくなっている。
人が書くものはどれも皆欠点だらけに見えてしまう、
そして褒めることは才人のすることでないと思っていて、
粗探しするのが博識のしるし、
感嘆したり冗談をいうのはバカのすることと考え、
それで当代の作品は何だろうと認めたくないし、
誰より高い所に自分を置いています。
おしゃべり自体も咎めるべきものと決めつけています。
お喋り好きは下劣の極みと自らを認めるようなものだと。
そして腕を組んで、我関せずといった感じで
周りの会話を憐れみを持って見降ろすのです。
アカスト：
いやはや、ぴったりの人物描写だ。
クリタンドル：
あなたは実にみごとに人々を描くことがお出来になる。
アルセスト：
さあ、しっかりと、わが宮廷の仲間たちよ、続けたまえ。
いささかも容赦するな、順番に続けろ。
品定めされた誰もがいまだ姿を見せないその間に、
だがいざ話題になった人が来たら、いそいそと迎えに出るのだ、
彼らに手を差し出し、おべっかたっぷりのキスでもって

自分は貴方がたに叩頭く者だと誓いのことばを投げかければよい。
クリタンドル：
どうして我々にからむのだ。君の気に障ることが耳に入ったら、
こちらのご婦人のせいにして然るべきでしょう。
アルセスト：
いいや！　貴方がたに対してだ。貴方がたのその愛想笑いこそが
彼女から人を中傷する辛辣な言葉を引き出すのです。
その皮肉な気分は育まれる
貴方がたのお世辞たらたらの咎むべきへつらいによって。
だからこのひとの他人をからかう気性は和らぐはずです、
誰も喝采しなくなると分かれば。
どんな場合でも批判しなければならないのはおべっか使いだ、
人の心に広がりがちな悪徳の尻馬に乗る人間だ。
フィラント：
しかし何故やっつけられてる連中にそんなに肩を持つのだい、
いつもは彼らこそ咎められるべきだと非難している君が。
セリメーヌ：
この方は何でも反対の君。
自分と人が一緒くたにされるのが嫌なの、
見せびらかしたいのよね
天から授かった天邪鬼の精神を。
他人の気持は決して自分にとって同意できるものでないの。
いつも自分はいくつもの意見を用意していて、
平凡な人間に墜ちてしまう、
もし誰かが同じ意見を唱えたりしたら、って身構えてる。
異論を唱えるのはこの人にとって面目躍如、
それで時に自分の気持と違ったことだって主張します。
本当の感情と面子がせめぎ合うのです、
自分と同じ考えを他の人に先に言われてしまうと。
アルセスト：
君につられて皆笑っている、それで結構、
僕をせいぜいからかってくださいな。
フィラント：
でもやはり確かなのは君の気持が

いつも人が言うことに何でも向っ腹を立てるということ、
そしてまた自分でも認めるへそ曲がりの精神自体がいつもいらだっていて
君は人が非難することも褒めることもどちらも気に入らないということだ。
アルセスト：
結構じゃないか！　それはただ人々が理屈に合わないことをしていて
怒って当然と思われる場合と
どんなことであれ人々が
的外れな賞賛をするあるいは無謀な批評をするときだけだ。
セリメーヌ：
そうは言っても……
アルセスト：
いいや、いや。下らぬ噂話を聞くのは死ぬほどの苦痛だ、
君がそうした悪趣味に浸るのが耐えられない。
大体みんな甘やかせすぎなのだ
君のどうしようもなく悪いところに眼をつぶって。
クリタンドル：
仰ることが、よく分かりませんが、はっきりと申し上げる
これまでこのご婦人にはさらさら欠点などないと信じてきたと。
アカスト：
彼女には優雅さと魅力が備わっている。
欠点などいささかも私の目に映りません。
アルセスト：
僕の目にはよく見える。蓋をするどころか
あからさまにそのことで彼女を非難し続けています。
人は誰かを愛すれば愛するほど、おもねることを控えねばなりません。
純粋な愛情は何ものをも見過ごさないという点で輝くものです。
僕が彼女ならここらあたりの恋ボケ連中など締め出してやる
足元にハタとひれ伏し、
何でも唯々諾々と受け入れ
何をいっても褒めるしか能のない連中を。
セリメーヌ：
結局、貴方と折り合うには、
愛するために甘い言葉を棄て、
変わらぬ固い愛を得るには

自分が愛する人をののしらねばならないってことね。
エリアント：
恋とは掟に縛られるものではないわ、
自分が選んだ相手なら大いにほめそやして当然。
恋にのぼせ上がっていれば非難されるべきものとは思わないはず、
愛する相手のものはそれが何であれすべて愛しくなるのです。
欠点も美点に見えてくるのが普通でしょう、
そして相手のことは手前勝手によく解釈するものです。
青白い顔は、ジャスミンの白。
黒すぎる肌は、こんがりした小麦色。
痩せこけていれば、スタイルがいい。
太っていると、グラマー。
エレガンスに欠け魅力がなければ、
気取りのない美人と評します。
大女は女神の出現。
小さければ自然のみごとな凝縮。
傲慢さは王位にふさわしい尊厳。
狡猾だと機知にあふれ。愚かだと好人物。
お喋り好きは陽気な性格。
そして押し黙っていれば立派で慎み深い。
これが恋に浮かれる人間であれば
自分の愛する相手の欠点も逆に見えてしまう例です。
アルセスト：
で僕は言いたい、僕は……
セリメーヌ：
無駄話は止めて、
ちょっと部屋の外へ出ましょうか、
あら、お立ちになるのですか、皆さま。
クリタンドルとアカスト：
いいえ、奥様。
アルセスト：
彼らが出て行きそうだと君は慌てる。
ご勝手に、出てゆくなら行けばいい、皆さまがた。でも僕は宣言する
僕は貴方たちが出て行った後じゃないと出て行かないとね。

アカスト：
奥様のそばにいてうんざりさせるのでないかぎり、
一日中私を他の場所に呼ぶ何物もありはしない。
クリタンドル：
私も、王様のご就寝の儀式にいさえすれば、
どんなことにも束縛されていない。
セリメーヌ：
皆さま、お戯れを。
アルセスト：
戯れてはいない。
君が出て行ってほしいのが僕であるかどうかそのうち見せてもらおう。

第5場

バスク、アルセスト、セリメーヌ、エリアント、
アカスト、フィラント、クリタンドル

バスク：
旦那さま、どなたか見えてお話しがなさりたいとのことです。
どうしてもの用件だそうです。
アルセスト：
僕にはそんな差し迫った用事はないと伝えておくれ。
バスク：
憲兵隊のような服装をした方です、
金の肩章をつけた。
セリメーヌ：
何なのか確かめてきたら、
でなければその方に入ってもらいましょう。
アルセスト：
どういう用件かな。
入ってください、どうぞ。

第6場

警備隊士、アルセスト、セリメーヌ、エリアント、
アカスト、フィラント、クリタンドル

警備隊士：
ご主人、申し上げねばならないことがございます。
アルセスト：
遠慮せず大きな声で言ってくれ、そのほうが聞こえる。
警備隊士：
私は元帥府下 (*5) の命令実行者であります、
その元帥府が貴方様に対し迅速に出頭するよう命じております、
アルセストさま。
アルセスト：
誰が？　僕を？
警備隊士：
貴方ご自身を。
アルセスト：
で何の故に。
フィラント：
君とオロントのこっけいな諍いの件だよ。
セリメーヌ：
何ですって？
フィラント：
オロントと彼が先刻いがみ合ったのです
ある詩の一節のことで、彼が賞賛しなかった。
それで元帥府は今のうちに事を鎮めたいのですよ。
アルセスト：
僕は、決してケチな気配りなぞするつもりはないよ。
フィラント：
でも命令には従わなけりゃなるまい。さあ、覚悟するんだ……
アルセスト：
如何なる和解を目論んでいるのだ？
元帥府は僕に強いるのか

人間嫌い　209

僕らの諍いの元となった詩を良いと言えとでも。
僕はいささかも自分が言った言葉を取り消しはしない、
僕はあの詩のくだりは実にひどいと思っている。
フィラント：
でも、少しは折れて……
アルセスト：
僕は取り消したりしない。本当にあのくだりはひどいんだ。
フィラント：
相手に歩み寄りを示してやらねばなるまい。
さあ、早く。
アルセスト：
僕は行くよ。でも何物も僕に
取り消させることはできない。
フィラント：
早く顔を見せに行け。
アルセスト：
王様の特派の命令がきて
例の詩を良いと思えというのでもなければ、
僕はクソッ、ずっとこのままだ！　何しろあれは悪いんだから、
あんなものを作った後ではそいつは絞首刑に値するぞ。
　　　苦笑するクリタンドルとアカストに
ちぇっ。皆さん、違うだろ
僕が可笑しいはずがない。
セリメーヌ：
早く然るべき場所に
出頭なさいませ。
アルセスト：
行きますよ、そして戻ってきます
僕はこの場所に、この討論の決着をつけるためにね。

*5　元帥府は最高位階の退役・現役将軍による諮問機関

第三幕

第1場

クリタンドル、アカスト

クリタンドル：
アカスト侯爵、とても満足そうなご様子ですな。
何もかもが楽しく、不安は一切ありそうにない。
率直なところ、貴殿はお考えなのですか
楽しく思って当然な理由があると。
アカスト：
もちろん。わが身を省みて
打ち沈まねばならぬわけなどいささかもありません。
私は若くて金があり家柄もよい
自らを貴族と誇る歴とした裏付けがあります。
そして私は思うのです、この血筋ゆえ得られる身分により、
私が得られぬ官職・地位などまず無い。
もちろん肝心の勇気あってのことですが、
いやどなたもご存じでしょう、自慢ではないが、私にはそれが欠けていない、
世の方々は、決闘を受けて立つ私の姿を見たはずです
敢然とした立居振舞いで。
知性と趣味の良さについては、まごうかたなく私はそれを有しています、
つまり学ばずして全てを判断でき論理的に考察する、
そう私が熱愛する芝居の最新作であれば
劇場の舞台の上に陣取り (*6)
見巧者よろしくダメを出し、よい台詞には
ここぞとばかり掛け声を掛ける。
私の精神は充分に繊細であります。風采よく、顔つきよく、
歯はとりわけ美しい。体つきは締まっている。
服の着こなしでは、うぬぼれるわけではありませんが、

誰であれ私と張り合うのは無駄というもの。
自分でも分かります、人には信用され
女性には愛されるし、国王陛下のお側付きでもある。
そのことで思うのです、親愛なる侯爵、
どのご同胞より私は己(おのれ)に満足できるものであると。
クリタンドル：
なるほど。しかし、別のところでは簡単に女を口説き落とす貴殿が、
何故ここではむなしい溜息を発するのですか。
アカスト：
何を仰いますか。私の迫力があれば
美人から冷淡にされるわけがない。
邪険にされるのはありふれた取り柄の人間です、
男を値踏みする美女に焦がれ続け、
その足下(あしもと)にひれ伏し厳しい仕打ちに耐える、
溜息と涙で哀れを乞い、
そしてしつこくご機嫌を取り結び、懸命に
ケチな己が魅力に目を向けない女性の気を引こうとする。
ですが私のような人間は、生まれついていないのです
見込みで人を愛し、無駄に費用を支払うようには。
相手の女性の資質がどれほどすぐれたものであっても、
私は自負します、有難いことに、自分には相手と同じ価値があると、
私のような者から名誉を得たいのであれば、
応分の支払いをせねばならないのだと。
そしてまた思うのです、ちょっとでも冷静に考えれば
出費は五分と五分の真剣勝負であらねばならぬと。
クリタンドル：
では、ここで貴殿はとてもうまく行っているというのですか。
アカスト：
そう思ってよい確かな理由がある。
クリタンドル：
いいですか、過ぎた思い違いはおやめなさい。
うぬぼれですよ、自分自身の判断を誤っている。
アカスト：
はあ、私はうぬぼれていますし、判断も誤っています。

クリタンドル：
どうして自分には幸せがもたらされるものと思い込むのですか。
アカスト：
私は自惚れ屋ですから。
クリタンドル：
貴方の自信はどこから来るのです。
アカスト：
私の判断は間違ってまして。
クリタンドル：
それが確かだという証拠をお持ちなのですか。
アカスト：
ですから、私は思い違いをしています。
クリタンドル：
愛されたいという貴方の気持に
セリメーヌは何かこっそり打ち明けたのですか。
アカスト：
いいえ、私は邪険にされています。
クリタンドル：
答えてください、お願いです。
アカスト：
手ひどい拒絶しかもらってません。
クリタンドル：
冗談はやめましょう、
そしてあの人がどんな甘い言葉を洩らしたのか教えてください。
アカスト：
私は不幸者で、貴方は果報者です。
私の性格を彼女はひどく嫌っていて、
そのうちに私は首を括ることになるでしょうよ。
クリタンドル：
いや、侯爵、私たちは張り合うのを止め、
二人で協定を結びませんか。
どちらが確かな印を得るか
セリメーヌの心を受け取ったという、
そしたらもう一方は勝った方に道を譲り、

恋敵(こいがたき)としての役は降りるということで。
アカスト：
なるほど。ご提案大賛成です、
喜んで約束しましょう。
でも、シッ！

第2場

セリメーヌ、アカスト、クリタンドル

セリメーヌ：
まだいらしたの？
クリタンドル：
愛が我々の歩みを引き止めるのです。
セリメーヌ：
馬車が下に来るのが聞こえました。
誰だかお分かりですか。
クリタンドル：
いいえ。

第3場

バスク、セリメーヌ、アカスト、クリタンドル

バスク：
アルシノエさまです、奥様。
お会いしに上がって来られます。
セリメーヌ：
あの女性が私に何の用かしら。
バスク：
エリアントさまが階下(した)におられてアルシノエさまとお話しなさっています。
セリメーヌ：
あの人一体何のつもり、何でここに来たのかしら。

アカスト：
あの女性はどこにいても取り澄ました態度をとるし
神への献身のすさまじさときたら……
セリメーヌ：
そう、あからさまな懺悔面(ざんげづら)とでもいうのかしら。
そのくせ心はどっぷり俗世に浸かっている、心延え(こころばえ)はただもう
殿方を引きつけたいだけ、でもちっともうまく行っていない。
あの人は物欲しそうに見ている
他の女性を追い駆ける愛の狩人たちを。
あらゆるものに見放されたあの暗い性格は、
いつも分別を失ったご時世だと憤っている。
上品ぶったベールを被って
実は底なしの孤独が心の内にあるのを見透かされまいとするの。
そして自分の魅力のなさをいい繕うのに、
他の女性が持つ魅力はすべて罪なのだと言い放つ。
それでも寄ってくる殿方でもあれば浮き浮きするし、
もちろんアルセストにだってあの人は気を惹かれています。
アルセストが私にご執心なのが魅力に欠ける彼女をひどく侮辱するのです。
あたかも私が彼に盗みを働いたかのように考えて。
そしてその妬みを、何とか押し包むのですが、
至るところで、隠れてこそこそ、私に対し荒れ狂うのです。
でもねえ私を逆恨みするなんて愚かなこと、
あの人はとんでもない無作法者よ。

第4場

アルシノエ、セリメーヌ

セリメーヌ：
嬉しいこと、貴女がいらっしゃるなんて。
ずっと気に掛けておりましたのよ。
アルシノエ：
申し上げねばならないご忠告があって伺いました。

セリメーヌ：
ああ、それは。お会いできて何と嬉しいことでしょう。
アルシノエ：
皆さま出てゆかれたようで好都合です。
セリメーヌ：
座りませんこと。
アルシノエ：
必要ございませんわ。
ええ。友情はことに一目瞭然になるはずです
私たちにとって一番大事な事柄で。
そして何が重要かといえば
名誉と礼節以外にないのですから、
貴女の名誉にかかわる忠告を差し上げることで、
貴女への友情を示しに参りました。
昨日私は美徳溢れるお歴々のお邸におりまして、
そこでは貴女の事が皆さまの話題に上りました。
貴女のお振舞いが、喧々囂々、
皆さまが顔を顰める忌々しき問題となったのです。
そこでは貴女のところへいらっしゃる沢山の方々のこと、
貴女の思わせぶりとそれが引き起こす噂が
そこまで言って良いかというほどの
また私が耳を塞ぎたくなるほどの厳しさでもって批評されました。
私がどちらの側につくかもちろんお分かりですよね。
貴女のためにできるだけ弁護を致しました、
貴女に代わり声を上げお気持を弁護しましたし、
貴女のお心にいささかも曲がったところはないと言い張りました。
でも御承知のようにこの世の中には色々あって
どうしたくとも言い訳が通らないことがあります。
それで私もとうとう皆さんに折れたのです。
貴女が生きてゆく上でのやり方は身を誤らせているところがあるとか、
その生き方はこの世の中に悪い教訓を示しているとか、
至るところで貴女の暮らしに関し悪い話しか聞かないとか、
自分で改めなければ、貴女のお振舞いは
ヘンな評判を呼ぶばかりだとか。

実際は私がそうした貴女を傷つける噂を信じているわけではありません。
天よ我れをかかる考えを抱くことから守りたまえ！
でも人というものはちょっとしたことでもすぐ疑(うたぐ)るものですから、
自分自身がしっかりしていれば良いというわけには参りません。
そうね、貴女はきちんと道理をわきまえる方ですから、こう考えて下さいますよね。
この役に立つ意見をちゃんと受け入れよう、
またこの意見は私の真の心の内にあって
貴女のお為を思えばこそのお諌(いさ)めによるものだと。
セリメーヌ：
ええ、私は感謝の気持でいっぱいです。
そのようなご忠告はとても役に立ちますし、悪く受け取るどころか、
すぐさま、そのことに対し御礼を言上(ごんじょう)致します、
貴女さまの名誉に関わるお話を差し上げることで。
何しろ貴女が私の友人である証(あか)しとして
他人が私のことで言いふらす噂をお知らせ下さったのですもの、
こんどは私のほうが、とても心和む話題を差し上げたく存じます、
人が貴女のことで言っていることをお知らせすることで。
過日、私がお訪ねしたさる場所で、
徳の高い方々にお会いしたのですが、
この方々は生きてゆく上での魂の心掛けのことを話していて、
貴女をやり玉に挙げるやりとりをなさいました。
そこでは、貴女の取り澄ました態度と神への献身三昧は
よき手本としては引かれませんでした。
重々しい外面(がいめん)の気取り、
良識と名誉についての果てしない弁舌、
ちょっと話が横に逸(そ)れれば決まって出る渋い顔つきと嗚咽(おえつ)
ことばの綾ってものがありますのに、
またいつもお高く留まって、
憐みの眼差しで他の人たちを見下(みお)ろすこと、
頻繁な小言繰り言、とげとげしい批判
つまり純粋素朴なものに対する言いがかり、
そうしたもの全てを、率直に言わして頂ければ、
皆さん一致して非難されたのです。
一体何になるのだ、と方々は言いました、慎み深い顔つきは、

それと内実が伴わない賢しらな振舞いは。
あの方は一途に祈ることに専念していらっしゃるのよ。
でもあの人は召使を叩くじゃないか、賃金も払わない。
信仰のあらゆる場所であの方は神への献身を実践していらっしゃるわ。
でもあの人は白粉を塗り化けようとしているじゃないか。
あの方は絵画の裸を蔽いますのよ。
でもあの人は実体には興味を示すじゃないか。
私としては、いちいち貴女の味方を致しました、
そして皆さんのいうことは中傷だと申しました。
でも全ての人のお考えは私と逆なのです。
そして皆さまの出した結論は、貴女は止めた方がよい
他人の行動に興味を示すのを、
自分の事を心配したほうがよい、というものです。
じっくりと自分の姿を見たほうがよい、
人を非難しようとする前に、というものです。
模範的な生き方を求めるのなら
他人を矯正するよりも自ら率先するのがよい、というものです。
そして他人のことでは出しゃばらずに、
天がその管理を委ねた人に任せたほうがよい、というものです。
ええ、貴女は充分道理をわきまえた方ですから、
この有益な意見をきちんと受け入れてくださるものと存じますし、
この意見を私の内面にある本性だと邪推し
貴女の為に親切ごかしで言っているのだなどと思わないはずと信じます。
アルシノエ：
諌められるのは誰にとっても耳の痛いものでしょうが、
私はこんな当意即妙の応えを予想しませんでした、
で私には分かります、この棘のあるお答えにより、
私の心からの忠告が貴方の魂を傷つけてしまったのだと。
セリメーヌ：
いいえ、逆ですわ。そして賢明であらせられれば、
こうした互いの意見の交換は役に立つとお思いでしょう。
誠実に言葉を尽くし合えば、消し飛んでしまいますわ、
それぞれが手前勝手に抱いている邪念など。
すべては貴女に掛かっています、同じ熱意でもって

私たちがこの友愛をしっかり育んでゆけるかどうかは、
私たち二人の間で、互いに忌憚(きたん)なく伝え合うことができるか
私たちが互いに耳にすること、貴女は私の、私は貴女のことを。
アルシノエ：
あら。私が貴女の噂を聞くことなどございません。
人に強く咎められるべきはこの私なのですから。
セリメーヌ：
思いますに、どんなことも褒められもし非難されもします、
年齢と趣味趣向に応じどれもそれなりに正しいのです。
男性とのお付合いには相応(ふさわ)しい特定の時期があります。
品よく取り澄ますのにも特定の相応しい時期があるのです。
思い切るのも大切でしょう、
若さの輝きが弱まったときには。
そうすれば若さとの辛い別れを忘れることもできるはずです。
私だっていつかは貴女と同じ道を歩まないとは限りません。
年齢は全てを連れてゆきます、でも今はその潮時ではありませんもの、
ご承知のように、二十歳で取り澄ましているだなんて。
アルシノエ：
なるほど、貴女はちっちゃなことで自分が勝っているなどと自慢なさるのね、
そして貴女は恐ろしく自分の年齢を吹聴なさる。
私が貴女よりすこし年上だからって
若さに比べればさして重要ではないと。
私には分かりません何故貴女の心が刺々(とげとげ)しくなるのか、
こうした途方もなく無礼な態度をとるほど。
セリメーヌ：
私にも、分かりません、やはり何故
至るところで私に対し陰口をきいていらっしゃるのか。
いつも苛立って私を悪しざまに言わねばならないのですか。
貴女が殿方に振り向かれないからって、私にはどうしようもありません。
もし私のこの姿が人に恋心を抱かせ、
そしてもし毎日殿方が私に愛の告白をするとして
それも貴女が望んでいて得られず私だけに捧げて下さる告白を、
私はそれにどう応じれば良いと言うのですか、私のせいではありませんもの。
貴女はご自由です、私は妨げたり致しません

どうぞ貴女がお持ちの殿方を引き付ける魅力を存分に発揮なされませ。
アルシノエ：
ああ何という！　では私が焼いているなんて貴女は思っているのですか
貴女の周りにいるそうした数多くの求婚者のことで、
そして殿方を惹きつけるのに貴女の魅力だけで
勝手に向こうからやってくるとでも言いたいのですか。
まさか思っているわけではないでしょう、
自分の人柄こそがこうして殿方を惹きつけているのだなんて。
あの方たちは清らかな愛だけを燃やしている、
なにしろ自分の徳の高さに憧れているからだなどと。
そんな口車に乗せられる人はめったにいませんわ、
世間は決して騙されはしません。そして私にはよく分かっています
どんなに男性に慕われても、
滅多やたらに殿方を自宅に招き寄せたりしない方がおられるのを。
これではっきりしますわね、
手間を掛けずには殿方の心を獲得できるものでないと、
潤んだ瞳だけで恋する殿方を手には入れられない、
手管を使ってこれと思う相手は獲得せねばならないはずです。
ですからいささかうぬぼれて声を上げてはなりません
媚薬を効かせて得たささやかな勝利の煌めきに。
自分の魅力に対するおごりをちょっと抑えるのです、
それで殿方をすっかり扱えるなどとの。
貴女を見ても羨ましくありませんが、
やろうと思えば私だってできますのよ。
いささかの恋の仕掛けをすれば、自分をぐっと良く見せ
欲しい恋人をいくらでも作れるはずですもの。
セリメーヌ：
だったら、そうなさいませ、そして実際に見せてください
その稀なる妙技をお示しくださいな。
ただ……
アルシノエ：
ねえ、このような話は止めにしましょう。
私たちの知性が削がれますわ。
本当はとっくにお暇するはずでしたわ、

四輪馬車が着いていたならば。
セリメーヌ：
ご満足のゆく限り、いてください、
何も貴女を急（せ）かせは致しません。
でも、私とのやり取りは退屈でしょうから
よりよいお仲間を差し上げましょう。
折よくいらした紳士の方が、
私の代わりに貴女のお相手をしてくださいます。
アルセスト、私はちょっと手紙を書かねばなりません、
遅れたら申し訳が立たないものですから。
このご婦人と御一緒して下さい。この方は親切ですから
私の無作法をお許しくださるわ。

第5場

アルセスト、アルシノエ

アルシノエ：
お分かりでしょう、あの人は私が貴方と話していてほしいのです、
私の馬車がやってくるのを待つ間。
あの人にこんな粋な配慮はいままで期待できませんでした
貴方とお話しできるこんな心配り（こころくば）は。
卓越した人となりの方々は
私たち女性の愛情と尊敬を誘（さそ）うものですわ。
そして貴方さまは、いたく不思議な魅力をお持ちでいらして
何故か私を貴方さまの全てのお役に立ちたく思わせます。
私は心より、望みたく思っております
宮廷が貴方のお力をもっと正当に評価するよう。
貴方は愚痴をこぼして当然ですわ、私は怒りを覚えます、
毎日誰も貴方のために動こうとしないのを見ると。
アルセスト：
僕が！　一体、何に対して僕が権利を主張できるというのでしょう。
国家に対するご奉公などこの僕は一切しておりません。
そもそもこの僕が、進んでなにか国のお役に立つことをしましたか。

僕のために誰も動いてくれないと宮廷に不平を言えるようなことを。
アルシノエ：
宮廷が引き立ててくださる人が全て
必ずしも優れたご奉仕をなさったとは限りませんわ。
能力と同時にチャンスが必要なのです。
そして貴方が私たちに示して下さっているお人柄こそが
当然のことながら……
アルセスト：
いや。お願いです、僕の人柄などは捨て置いてください。
貴女は一体宮廷が何をすればよいとお思いなのですか。
宮廷はやるべきことが沢山あるはずですし、廷臣たちの吟味をいちいち
しなければならないとしたら面倒極まりないことです。
アルシノエ：
輝いている人格は自ずからその姿を現すものです。
貴方の人となりに関しては、多くの場所で、人々がこの上ない実例に挙げています。
そして私が申し上げればお分かりになるでしょう、二つのとても厳粛な場所で
貴方は昨日社交界の主だった方々に褒められたのですよ。
アルセスト：
ああなんと！　今日では人はみなすぐ褒めるものです、
そしてこの俗界では人が取り違えない物など何もありません。
全ての人は等しく才能に恵まれた大いなる資質の持ち主ということになるのです、
もはや褒められるなどというのは名誉でも何でもありません。
人は賞賛を投げかけます、その賞賛を頭から浴びせられるのです、
それでうちの執事だって人物評判記に載るほどです。
アルシノエ：
でも私は、ぜひ望みたく思っておりますわ、貴方をもっと引き立て、
宮廷での官職が貴方の興味を引くようになればよいと。
私たちにちょっとでもその気のあるのを見せて下されさえすれば、
誰もが貴方のために知恵を絞って差し上げられますし、
この私にだって貴方のために役立ってくれるお仲間がございます。
その方たちなら十分に筋道をつけどんな官職をもお世話できるでしょう。
アルセスト：
それで、その官職で僕に何をしろと仰るのですか。
僕が自分で感じている性分はそうしたことに向いていないのです。

天は僕にいささかも与えてくださらなかった、僕を生むに際して、
宮廷の雰囲気と折り合う魂を。
僕には必要な徳性というものがないと思っています
宮廷で成功して利益を得るような。
率直誠実であることが僕の一番の取り柄です。
いささかも言葉で人を騙す術を知りません。
そして自分が考えていることを隠す才の無い者は
この国においては先ず宮廷にいてはならないのです。
宮廷の外には、おそらく、保護してくれる人も、
そして宮廷が与えてくれる誉れある称号も存在しないでしょう。
そうした利点を失う代わりに、でもまたこんなものだってないのです、
とてつもなく愚かな人物の役回りを演じる苦しみが。
千度もの残忍な仕打ちを蒙る必要もありません、
何とか氏の韻文詩を褒める必要もなし、
かんとかいう夫人におべっかを使うことも、
そして折り紙つきの侯爵閣下たちの気分に従うこともない。
アルシノエ：
この問題はそうしてほしければ、置いておきましょう。
でも本心を言えば貴方の愛する人のことで私は貴方さまがお気の毒、
その点について考えをさらけ出せば、
貴方の情熱が然るべき相手と出会うのを私はつよく望みます。
当然、貴方は相応しい運命を受けるのに値します、
そして貴方が魅了されているあの女性は貴方に似つかわしくありません。
アルセスト：
でも、それを言うなら、考えてください、
あのひとは、貴女の友だちではありませんか。
アルシノエ：
ええ。でも私の良心は実のところ痛みを感じています。
これから貴方がこうむるはずの禍に。
貴方がそんな風になると思うと私は深く悲しむのです、
そしてあのひとは貴方の愛情を裏切ると申し上げておきましょう。
アルセスト：
ご親切痛み入ります、
そのような御忠告は恋する男にとって有難いものです。

人間嫌い

アルシノエ：
そう、確かにあの方は私の友だちですが、私は彼女を
上品な殿方の魂を虜にするに値しない落伍者と呼びましょう。
そしてあの人の心は見せかけの優しさでしか貴方の方を向いていません。
アルセスト：
それはありうるでしょう。人は相手の心の中までは覗けぬものですから、
でも思いやりある貴女でしたらそうした考えを
わざわざ僕に吹き込まずともよかったのではありませんか。
アルシノエ：
もし貴方が迷いから覚めるのをお望みでないのでしたら、
何も申し上げないのがよろしいですわね、それは簡単なことです。
アルセスト：
うむ。でもこの件に関しては何を言われても、
もやもやしたままでいるのは気持が悪い。
ならば、ひとつだけお願いしたい
はっきりと証拠を見せてくれることを。
アルシノエ：
あら！ それでいいわ。でこの件については
貴方は充分な証拠を受け取ることになるでしょう。
ええ、是非二つのその眼で納得なされるといい。
ただどうぞ私の家まで送ってきてください。
そこで私は確かな証拠をお見せします
貴方の愛しい方の不実を示す。
そしてもし貴方の心が他の女性の眼に移るお気持が芽生えたら、
私はそれに相応しい御婦人を紹介して差し上げますわ。

*6　当時粋な貴族は舞台の上に乗り、その座席で観劇した。

第四幕

第1場

エリアント、フィラント

フィラント：
いや、扱いがこれほど面倒な人間を見たことはありませんし、
これほど骨の折れる仲裁をしたこともありません。
うまく宥(なだ)めすかそうとしたのですが駄目でした、
彼の気分を変えることは難しくて。
そもそも、こんな諍(いさか)いは
元帥法廷の方々の理解を超えるものです。
「いいえ閣下たち、と彼は言うのです、僕はいささかも前言を取り消しません、
それ以外なら、何でも合意致しましょう。
一体彼は何に腹を立てているのですか。僕に何が言いたいのですか。
上手く書けないことが彼の名誉とかかわりがあるでしょうか。
僕のまっとうな意見を、彼は逆恨みしているのです。
立派な人間だとて詩が下手なことはあります。
それと名誉の問題とはちっとも関係がありません。
彼はあらゆる意味で紳士だと思います。
それも才気と勇気ある貴族だと、
人に良く思われる全てがあると、でも物書きとしてはひどく下手くそ。
言えといわれれば、彼の豊かさと気前の良さを褒めもしましょう、
馬術を、武術を、踊りの巧みさを。
でも彼の詩を褒めることは御免こうむります。
そもそも詩一篇もうまくつくれないのなら、
創作したいなどと思ってはいけないのです、
死刑に等しい嘲(あざけ)りを受けずに済むようにね」と。
なんだかんだあって和解にこぎつけました
本人としても自分の気持を抑え、納得したわけですが、

最後に自分では言葉を和らげたつもりで、こう言ったのです。
「本当に、気むずかしくて申し訳ありませんでした、
で貴方への愛にかけて、僕は心から思います、
貴方のソネットがすばらしいものであると言えればよかったのですが」と。
それでも何とか抱擁を交わさせ、当局には
全ての訴訟手続きを控えてもらうことができたのです。
エリアント：
そうした行動って、とても奇抜だこと。
でも実をいえば、そういったものを評価してよい場合もありますわね、
あの方がこだわっている誠実さは
心の中にある、気高く雄々しい何かを映しているのです。
今の時代には稀な美徳と言えるでしょう、
あの方だけでなく世の中全体にそうしたものが見られるといいですわ。
フィラント：
私からすれば、ああした態度を見るにつけ、ますます驚き呆れます
彼が身を焦がしている恋に。
天がお与えになった性格からすれば、
一体どうして恋などするようになるのかわかりません。
いやもっと分からないのは、何故貴女の従妹(いとこ)セリメーヌが
彼の恋心の対象であるのかということです。
エリアント：
よくあることですわ、愛が育(はぐく)まれるのは
必ずしも同じ性格の人の間であると限りません。
似た者同士なら心も通うなんて理屈が通らないのは
あの方の例をみても分かるでしょ。
フィラント：
でも御覧になった様子からして、相手のセリメーヌが彼を愛しているとお思いですか。
エリアント：
それはなかなか難しい問題です。
従妹があの方を愛しているかどうして知り得ましょう。
自分自身がどう感じているかきっと本人にもはっきりしないでしょう。
心というものはよく分からぬまま愛することがあります、
そしてまたそうでないのに愛していると思いこんだりするものです。

フィラント：
その当のお従妹のそばにいて彼は
自分で気づいている以上の心の痛みを感じているはずです。
もし、私が彼だったら、
自分の気持をもう一つ別の方向へ振り向けますね、
もっと賢明な選択として、そうです、
貴女の好意におすがりすることでしょうに。
エリアント：
心の問題では素直でありたいものですし、私は
こうした事柄には、誠実さが必要であると思います。
あの方の愛情の向きに私がとやかく言うつもりはありません。
ただ、その恋の行方を見守りたく思います。
そして役割が必要なら、
愛する相手とあの方がうまく結ばれるお手伝いを致したく存じます。
万一、ご本人がこうと決めても、
思っていたのと逆の方向に進むならば、
そうセリメーヌが別の殿方の愛を受け入れようとするのなら
その時は私が代わって彼の誓いを受けてもよろしいと思っています。
好きな殿方が誰か女性に袖にされたからといって、
それでその方を嫌になるなどということはありません。
フィラント：
私も、反対は致しません、
魅力ある貴女が彼に対して持つそうした思いやりに。
彼にもそのことを言いました
この私も貴方がた二人がうまくゆけばよいと思っていると。
でももし、アルセストとセリメーヌが華燭の典を迎え
貴女の御縁がなくなったら、
男が女性から受ける最大の栄誉を貴女から授かりたいものです
貴女の魂が彼に向けている愛情を私に振り向けてくださりたく。
何と幸せでしょうか、もし彼が貴女と連れ添うことがないと定まったとき、
貴女の心が、私のところに舞い降りるとしたら。
エリアント：
フィラントさま、おからかいを。

人間嫌い　227

フィラント：
いいえ、本当に、
私は心よりなる言葉をおかけしました、
晴れて申し込む機会をお待ちします、
私の願いのすべてを賭け、その瞬間が来ることを待ち焦がれます。

第2場

アルセスト、エリアント、フィラント

アルセスト：
ああ！　この屈辱の復讐をしてください
この僕の誠実さをまんまとコケにした侮辱の。
エリアント：
一体どうしました。何でそんなに荒れておられるの。
アルセスト：
死にでもしなければこの感情から逃れられないことが起きました。
そしてどんな自然の猛威も
この出来事ほど僕を苦しめはしないでしょう。
もうダメだ……僕の愛は……これ以上喋れない。
エリアント：
気持を少し落ち着かせて下さい。
アルセスト：
なんということだ！　あのひとの姿とは相容れない
最も低劣な魂の憎むべき悪業。
エリアント：
何が一体……。
アルセスト：
ああ！　すべては損なわれた
僕は、僕は裏切られた、打ちのめされた。
セリメーヌは……こんな話信じられるだろうか。
セリメーヌは僕を騙した浮気者でしかない。
エリアント：
それが信じられる、ちゃんとしたわけがあるのですか。

フィラント：
たぶんちょっとした思い過ごしだろう、
君の嫉妬心は時折根拠のない考えを抱いて……
アルセスト：
黙れ。余計なおせっかいは焼くな。
裏切りとしか言えない、
僕のポケットの中に彼女の手で書かれたものがある。
そうさ、オロント宛に書かれた手紙が
この眼に僕の不幸と彼女の恥ずべき行為をさらけ出した。
言い寄られても無視するものと僕がかたく信じていたオロント、
僕の競争相手ではないと歯牙にもかけなかったオロント。
フィラント：
手紙なんてものは社交儀礼で出すことがあるし、
中味を深刻に考えるほどのものでもなかろう。
アルセスト：
うるさい、黙っててくれ、
他人のことに口出しは無用。
エリアント：
興奮を鎮めてください、でもそのひどい侮辱って……
アルセスト：
このことで貴女にお願いがあります。
いま貴女にこそ、お頼み申し上げたい
この手ひどい仕打ちから逃れるために。
忘恩で不実な貴女の従妹に僕のため復讐してください、
あの女はおぞましくも僕のゆるぎない愛情を裏切ったのです。
貴女でもぞっとするほどの仕打ちに対し、僕の恨みを晴らしてください。
エリアント：
私が、貴方の恨みを晴らす！　どんな風に。
アルセスト：
僕の心を受け入れることで。
受け入れてください、あの不実な女性に代わって。
それでこそ、僕は彼女に復讐できるのです。
貴女に誠の誓いをすることであの女にしっぺい返ししてやりたい、
深い愛情、恭しい態度、

人間嫌い　229

心よりの敬意そして絶えざる奉仕
そうしたもので僕は貴女にひたすらわが身を捧げます。
エリアント：
苦しんでいらっしゃる貴方に同情しますし、
私に下さるお気持を大切に致します。
でもおそらくご自分で考えるほどの事態ではないと思います、
だから貴方はこの復讐を実行せずにすむはずです。
こうした気分が恋する相手に向かう場合、
人は実行できるはずのない計画を立てます。
関係を断とうとして、相手の性悪な証拠を心に思い描いても無駄、
憎い相手と思ってもすぐに潔白となってしまう。
自分が相手になすりつける罪はたやすく消えてゆきます、
そして恋する人間の怒りとはこんなものかと苦笑いするのです。
アルセスト：
いえ、いえ、いいえ。この屈辱は決定的なものです、
回復のしようがありません、彼女との関係を断ちます。
何ものも僕がこれからしようとすることを変えられません、
僕がいつか彼女を見直すことでもあれば見直す自分を罰するでしょう。
あの女がやってきた、こうして来られるだけで余計腹が立つ。
あの腹黒さを、厳しく責めてやる、
完全にやり込めてやる、そしてその後で貴女にお届け致します
彼女の偽りの魅力から自由になった一つの心を。

第３場

セリメーヌ、アルセスト

アルセスト：
どうしよう！　この怒りを抑えられるだろうか。
セリメーヌ：
あら。どうしてそんなに強張(こわば)っているの。
深い溜息をついて。
それに私を見るその虚ろな目つき。

アルセスト：
どんな背信といえど
君の不誠実に匹敵し得ない。
運命、悪魔、そして激怒した神も
決して君がするほどひどいものを生み出したことはない。
セリメーヌ：
これはまたありがたい甘いお言葉。
アルセスト：
ああ！ 冗談はよせ、笑ってる場合じゃない。
むしろ恥ずかしさで赤くなれ、それが道理だ。
僕は君の裏切りの確かな証拠を握っている。
心を急かせる何かがあると思っていた。
恋の不安感にはちゃんと理由があるものだ。
次から次へと疑念を抱き、君をうるさがらせたが、
それが現実となった、目の前にあらわれて。
君がいかに取り繕い、いかに言い逃れようとも、
僕の運命を左右する星は恐れていたことをあからさまにしたのだ。
でもこうは思わないでほしい、名誉の挽回をせずに、
この僕が自分に与えられた恥辱をおめおめと蒙ったままでいるなどと。
僕はよく知っている。愛は人に無理強いできないものだということ、
愛情はどこでも縛られずに生まれるものであること、
威しや脅迫では決して人の心は得られぬこと、
そして誰が好きかは女性が自由に決めるものであること。
だから僕は致し方ないものと覚悟していた、
君がありのままを正直に話してくれたなら。
最初から嫌だと言ってくれていたら、
君を恋の対象としてこだわったりしなかっただろう。
でも愛想だけのくせに、僕の心を浮かれさせるなんて、
それは裏切り行為、背信の極みで、
いくらひどい懲罰を与えても相応しくないほど、
それで僕はこの恨みを果たすためなら何をしてもいいと思った。
そうさ、こんな侮辱を与えたからにはどんなことでも覚悟するがいい。
僕はもう自分が抑えられない、怒りでいっぱいだ。
君の不実の一撃で僕の心には穴が開いた、

どんなに理性を働かせようとしても思慮分別はないも同然、
抱いて当然の怒りの感情のまま、
僕は自分がどうするものか責任が持てない。
セリメーヌ：
どうしてそんなに怒(おこ)りまくるの。
おっしゃって、貴方は分別を無くしてしまったの。
アルセスト：
ああ、僕は分別を失った、君のせいだ
僕が不幸にも、わが身を滅ぼす妙薬を君からもらった時に、
そして君のあやうさを誠実と勘違いした時に、
そうさ君の色香に迷って。
セリメーヌ：
私の何が悪くてそうがみがみ言うの。
アルセスト：
ああ！　裏表(うらおもて)あるこの心、自分を隠す術を心得ている。
でも君を追い詰める手段を僕は手に入れた。
さあ見てごらん、君の書いたものだ。
ぐうの音も出ないだろう、手紙を見つけたんだから、
抗弁しようのない証拠だ。
セリメーヌ：
それが貴方を狂わせたものね。
アルセスト：
書いたものを出されて恥じ入らないのか。
セリメーヌ：
どうして私が恥じ入らねばならないのです。
アルセスト：
何だって。この段に及んで誤魔化しの上に厚かましさを塗るのか。
それを自分のものと認めない、署名がないからか。
セリメーヌ：
自分の書いた手紙ならどうして認めないことがあるでしょう。
アルセスト：
ではそれをしっかり見てごらん
僕を揶揄(やゆ)する内容が君の不誠実な罪を物語っているだろう。

セリメーヌ：
正直言って、貴方は大層な変人ですわね。
アルセスト：
何だって。君はこれほど説得力ある証拠があっても平気なのか。
この手紙はオロントに対する君のよろめきをみせつけたが
それが僕をひどく侮辱し、君を恥じ入らせる類のものじゃないと言うのか。
セリメーヌ：
オロントですって。誰が貴方にその手紙が彼宛のものだと言うのです。
アルセスト：
今日その手紙を渡してくれた人たちさ。
いやその手紙が誰か別の男宛のものであったっていい。
それで君の手紙を非難する気持が減るものでもない。
君の罪がそれで少しは軽くなるのだろうか。
セリメーヌ：
でもこれが女性に宛てて書かれたものでしたら、
そのことが何で貴方を傷つけるでしょうか。咎むべきことになりますか。
アルセスト：
ああ。のらりくらりがお上手なことだ。そして見事な言いわけだ。
僕は認めよう、こんなうまい言いわけを予想しなかったと、
そしてそのせいで、僕はあやうく、丸め込まれそうだ。
君はあえてこんな見え透いた手を使おうとするのか。
そして世の人間が皆そんな風に騙されると思うのか。
いいかい、どんな顔をして、
君は動かぬ証拠に対してウソを言えるのだ、
一体どうしたら女性のために書いたのだなどと答えられるのだ
この手紙の恋心に溢れた言葉を。
辻褄(つじつま)を合わせてみろ、裏切ってないと反駁(はんばく)できるよう、
よしこの僕が手紙を読み上げよう……
セリメーヌ：
そんなの嬉しくないわ。
無理やりなさろうなんて貴方は滑稽に見えます、
おまけに自分の手前勝手な主張を押し付けるなんて。
アルセスト：
いや、いや。むっとせずに、少しは納得のゆくよう

人間嫌い　233

質問に答えていただきたい。
セリメーヌ：
いいえ、私は何もしたくありません。ここで、
貴方が思いこんでいらっしゃることは私とは関係ないわ。
アルセスト：
お願いだから、答えてくれ、そしたら僕は満足するだろう、
君がこの手紙を女性に宛てたと釈明できれば。
セリメーヌ：
いいえ、それはオロント宛のものです、そして私は貴方にそう信じて頂きたいわ。
私は彼の心遣いをとても嬉しく受け取っています。
あの方のお言葉が心に響きます、彼という人を誇りに思います、
そして貴方が望むまま全てを認めます。
さあ、これでよいでしょう、何事も貴方のご期待通り、
これ以上私をいらだたせないでください。
アルセスト：
天よ！　これほど残虐なものはありません。
人の心がこんな風に弄ばれたことがあっただろうか。
くそっ。この女への憤りは正当なのに心は揺れている、
不平をかこつのはこの僕なのに、逆に非難されている。
この女は何でも信じなさいと言って開き直っている。
全てその通りだと言って、僕を混乱させている。
なのに僕の心は腰抜けで
自分を縛っている鎖を解くことができないし、
男らしく鼻の先から見下してやることもできない
自分が惚れているつれない女に対し！
ああ。よくご存じだろう
不実な女め、お前は僕の弱みに付け込んで、
巧みに操ろうとする
その浮気な眼から生まれた宿命の恋にもがき苦しむ男の心を。
せめて僕を苦しめる非道な罪を否認してくれ、
そして僕に対して自分が悪いのだと言わないでほしい。
できれば、この手紙が潔白であると突っ張っておくれ。
僕の愛情はそれをうそでないと認めるだろう。
自分は誠実なのだと繰り返しておくれ、

そしたらこの僕は君を信じるよう自分を説き伏せる。
セリメーヌ：
貴方は常軌を逸しています、ねたみが興奮を生み出したようで、
私が捧げる愛情を受けるのに相応しくありません。
いいですか、誰にどう強制されようと私が
本心を隠して貴方をたぶらかすことなどできるものでしょうか、
そしてもし私の心が別のお相手に傾くなら、何故、
私がその事を率直に言わないわけがあるでしょうか。
こうして私が思いを込めて申し上げていること自体が
貴方の疑いを全て晴らすよすがになってはいませんか。
それが納得できれば、貴方の疑いなど消し飛んでしまうはずではないですか。
疑いの声に耳を貸すのは私をひどく侮辱することになります。
女の心はひとえに思いを積み上げているのです
自分の愛を告白する覚悟を決めようとするときに、
そしてまた恋の焔の敵である女性の恥じらいは、
気おくれしてこのような告白がなかなかできないものなのですから、
あえて恋する女が自分のためにこの障壁を越えてくるのを見たら、
その言葉の真(まこと)を疑うのは咎められることでありませんか。
それを信用しないのはひどいことではないでしょうか
心の底からようやく絞り出した言葉を信用しないのは。
こんな仕打ちをされて私は腹立たしい限りです、
貴方をこんなにも慕っていることが。
私もバカだわ、はっきり言って、もう望みません
貴方に対してまだ何がしかの好意を抱いていたいとは。
私のお慕いする気持はどこか他のところに繋ぎとめたほうがよろしいでしょう、
そして貴方の恋の嘆きをそのままにして置いたほうが。
アルセスト：
ああ！　なんという、裏切り者、君に対して何も言えないのが僕の弱点だ。
君は間違いなくそんな優しい言葉で僕をたぶらかす。
だがそんなことはもういい、与えられた定めに従おう。
僕の魂は君に委ね君が本当のことを言っていると信じたい。
とことん、僕は君の心が変わらぬものかどうか確かめよう、
僕を裏切る裏表(うらおもて)あるものかどうかを見届けよう。

人間嫌い　235

セリメーヌ：
いいえ、貴方は人が人を愛する正しいやり方で私を愛してはおられません。
アルセスト：
ああ！　僕の思いつめた心と比べられるものなど何もない。
そして分かるだろう、
僕の愛情は君が不幸になればいいと思っているほどだ。
そうさ、僕は望んでいる、まず君が誰からも素敵な人と思われなければと、
君が厳しい運命に翻弄されていればと、
天が生まれつき君に何等与え給わなければと、
君に身分も、家柄も、財産もなかったら良いと、
そうすれば僕は華々しい犠牲的精神を見せ
君をそうした理不尽から解放するだろうし、
その暁には僕は歓喜と栄光でもって、
僕の愛の果実を君の手に捧げることだろう。
セリメーヌ：
それはまた変わったやり方で案じてくださるのね。
そんな場面が生まれずに済むよう、神さまお守りくださいませ……！
あらデュボワさんだわ、いつも滑稽な恰好をして。

第4場

デュボワ、セリメーヌ、アルセスト

アルセスト：
その身なりはどうしたのだ、それにそのおどおどした様子は。
デュボワ：
旦那さま……
アルセスト：
何だい。
デュボワ：
不可解なことが。
アルセスト：
何だ。

デュボワ：
まずいことになりました、旦那さま、私たちの立場が。
アルセスト：
何だと。
デュボワ：
小声でなくてもよいですか。
アルセスト：
ああ、話せ、それも素早くだ。
デュボワ：
聞かれませんか。
アルセスト：
ああ！　何たる時間の浪費！
話せ。
デュボワ：
旦那さま、さっさと立ち去らねば。
アルセスト：
何だって。
デュボワ：
ここからこっそり姿を消さねばなりません。
アルセスト：
で何故。
デュボワ：
ですからさっさとこの場所を去らねばと。
アルセスト：
その理由は。
デュボワ：
旦那さま、別れを言わずに出発しなければなりません。
アルセスト：
でもどんな理由でお前はそんなことを言うのだ。
デュボワ：
旦那さま、逃げ支度をしなければならない理由でです。
アルセスト：
ああ。間違いなく俺は貴様の頭をぶち叩くぞ、
もしそれが嫌なら、このならず者め、分かるように説明しろ。

人間嫌い　*237*

デュボワ：
旦那さま、黒服を着たそれらしい服装の男が一人
家の台所にまで来て置き去りました、
ぐちゃぐちゃに書かれた文書で
とても読めない字体です。
でもきっと、貴方さまの訴訟の件です。
地獄の悪魔だって、読めやしませんよ。
アルセスト：
何だと。その文書は、この裏切り者め、
お前が先ほど俺に言ったここを立ち去ることとどういう関係があるのだ。
デュボワ：
旦那さま、つまりそれから1時間ほどして、
よく訪ねてお見えになる方が
あわてて貴方さまを探しておいでになりまして、
貴方さまがおられないのが分かると、私めにそっと託されました、
私めが貴方さまに実直にお仕えしているのを御存じなものですから、
貴方さまにお伝えするようにと……お待ちください、エー何と言うお名前でしたっけ。
アルセスト：
名前は後で良い、この不届き者、それでそいつは何と言ったのだ。
デュボワ：
貴方さまのご友人のお一人ということで、よろしいですね。
その方が私めにこう言ったのです、ここにいては貴方さまが危ない、
貴方さまは逮捕されることになると。
アルセスト：
だが何故だ。そいつはお前に他に何か言わなかったのか。
デュボワ：
いいえ。その方は私めにインクと紙を求められて、
そして貴方さまに一言書きつけました、その書きつけには、思いまするに、
このあたりの事情がくわしく書いてあるのでしょう。
アルセスト：
それを渡せ。
セリメーヌ：
何が書いてあるの。

アルセスト：
分からない。でもはっきりこの眼で確かめよう。
早くしないか、この無礼者め。
デュボワ：書きつけをあちこち探した揚句
ちょっと！　旦那さま、貴方さまの机の上に置いてきてしまいました。
アルセスト：
こいつめ殴り飛ばすぞ……
セリメーヌ：
そんな興奮しないで、
今はこの場を何とかしなければ。
アルセスト：
僕が如何なる手段をとるにせよ、運命は
僕が君と話すのを邪魔しようとしているとしか思えないな。
だが、それに打ち勝つために、僕の愛に賭けて
今日の陽が落ちるまでに、必ず君に会いに戻ってくる。

第五幕

第1場

アルセスト、フィラント

アルセスト：
もう心は決まった、はっきりしている。
フィラント：
腹が立つのは分かるが、意固地になることはあるまい。
アルセスト：
いや。どう意見しようがどう諭(さと)そうが無駄だ。
絶対に考えは変えない。
僕らの住んでいるこの時代はよこしまだらけだ。
僕は人間との付き合いから抜け出したい。
そうさ。誰がどう見たって向こうより僕の方に
志、誠、慎み、なにより道理があるはずだ。
どこでも皆んな僕に理があるのを口にする。
自分の権利が保証されるものと思っていて当然だろ。
にもかかわらず結果は逆に出た。
自分が正しいのに、訴訟に負けたのだ！
そのいかがわしい来歴が一目瞭然である相手の奴が
ウソ八百でもって訴訟に勝つ。
天下御免の誠実さがそいつの欺瞞に道を譲るのだ！
奴はまやかしの理由をつけ、僕の喉を掻き切ろうとする。
如何にも重々しい態度で、そこには偽善が透けて見えるのに、
正当な権利をひっくり返し、正義の裁きを捻じ曲げてしまう。
自分の悪行(あくぎょう)の仕上げにご立派な判決を勝ち取るなんて！
そしてこの僕を陥れただけでは満足せず、
世間に出回る胸くそ悪くなる書物、
手にすることすら恥になる、

とんでもない本を並べ、
ペテン師めはあろうことか僕が書いたように匂わせる。
おまけに、あのオロントは声を潜め、
下劣にもそのまやかしが本当であるかのような噂を流す。
宮廷では紳士として通っているオロントだから、
僕は構えず誠実に向かい合ったつもりだ、
頼みもしないのに、浮かれるように僕のところに来て、
自作の韻文詩について意見を求めたとき。
僕は真摯に対応し、
ありのまま思った通りに批評した、
それを恨みに極悪人とつるんでありもしない罪をこの僕に被(かぶ)せようとする！
今や僕の不倶戴天の敵となった。
僕は恨まれ続けるだろう、
彼の詩をよいものだと認めなかったから。
しょせん人間は、そんな風にできているのだ！
見栄(みえ)こそがこの世間では幅を利かせている。
これこそが世に言う誠心誠意、有徳・美徳、
正義そして名誉という、人間を飾り立てるものの実態だ。
悲しみがあまりに深すぎて、どうあっても僕は救われまい。
この原生林と見誤う危険な場所から抜け出さねばならない。
皆こうして人間の間でオオカミさながら生きているのだから、
誰もこの僕が人生を共に歩む仲間にはなり得ない。
フィラント：
君の考えはちょっとせっかちすぎるし
不都合がいろいろあっても君が思うほど大変なものじゃないさ。
訴訟の相手が厚かましくも君に罪を負わせようとしたって
君がそれで逮捕されるには至らなかったじゃないか。
相手方は偽りの申し立てをしたけれど、
妙な工作が却って自滅につながることになるはずさ。
アルセスト：
あっちが？　奴は自分の企みが、明るみになったってヘッチャラだ、
正真正銘の悪党、世間さま公認の、ね。
企みごとがバレたからって奴の面子(めんつ)がつぶれることなどない。
明日にでももっとよい陽のあたる場所に出てくることだろう。

フィラント：
それでも世間は引っかからなかっただろ
奴の悪徳が君に仕掛けたワナに。
だからこの点で君は全く安心していい。
訴訟のことでは、確かに不満足な結果が出たが、
控訴することだってできるし、
第一これは……
アルセスト：
いいや。僕はこのままでいたい。
この判決でどんな損害を蒙ろうと、
僕は抗告を差し控える。
そうしたら正当な権利が迫害を受ける実例を世に宣伝できるというものだ、
そしてこの事実を後世まで残したい
途方もない証明、素晴らしい証拠として
この時代の人間の質の低さを示す、ね。
訴訟に負けたって僕には２万フラン掛かるだけだ。
でもね、２万フランと引き換えに、僕は権利を確保するのさ
不公正な行為に走る人間の本性をののしる権利、
そしてそのことで不滅の憎しみを永久に培養する権利を。
フィラント：
まったくしょうがないな……
アルセスト：
まったくしょうがない、君の心配は余計なことだ。
君はこのことで何が言いたい。
まさかこの僕に面と向かって
僕が憤っている暴虐非道に対し弁護したいのか。
フィラント：
いいや、君が望むまま全てを認めよう。
いまの世の中は欲得ずくで動いている。
今日そうしたものをもたらすのは悪巧みあるのみだ、
人間はもっとましな生き物に変わらねばならない。
だがこの世界で公正さが微々たるものでしかないとして
だから社会から身を退こうとするのか。
こうした人間の欠陥があればこそこの人生において

理想に向けて歩む力が僕らに与えられるのだ。
そのために美徳というものがある。
すべての人が実直そのものだったら、
全ての人の心が率直、正直、素直であったなら、
美徳の大部分は無用なものと化してしまうだろう、
敵がいなくては使い道がないのだから
それを使って僕らの権利を守り、他人の不当行為を耐え忍ぶ術(すべ)の。
そして深い美徳の心を持つ人であれば……
アルセスト：
仰ることは良く分かる、世にも稀なるすぐれたお方。
君のお言葉はいつも説得力ある論法に満ちている。
でも時間のむだだ、君の素晴らしい演説は。
理性が、僕に、ここから出てゆけと命じている。
僕は自分のことばに歯止めをかけることができない。
自分の言うことにいささかも責任が持てない、
それできっと多くの面倒を抱え込んでしまうことだろう。
もう議論は止めて、セリメーヌを待たせてくれ。
僕がやろうとすることに賛成してもらいたいのだ。
彼女の心が僕への愛情を持っているかどうか、
分かるのはまさに今なのだ。
フィラント：
エリアントの部屋へ上がって、そこで待とう。
アルセスト：
いや。今は気が気でない。
君だけ行ってくれ、僕を一人にしておいてくれ
この暗い片隅で、この汚れた悲しみと共に。
フィラント：
一緒にいるには奇妙なお相手だな
ではエリアントに降りてくるよう勧めてこよう。

人間嫌い

第 2 場

オロント、セリメーヌ、アルセスト

オロント：
ひとえに貴女次第です、結婚という絆に導かれ
私の心がすべて貴女のものになるかどうかは。
是非はっきりとしたことを言って下さい
貴女に迷いがあると私は不安になります。
私のこの情熱が貴女の心を動かせたなら、
どうかためらわずありのままを仰って下さい。
私が貴女に求める、その証しはただ一つ、
アルセストを愛情の対象として認めないこと、
私のために彼を見捨て、
今日(きょう)すぐにでも追い払うことです。
セリメーヌ：
でも一体どうしてそんなにあの方を毛嫌いするのですか。
前はとても誉めていたじゃありませんか。
オロント：
いまそのことを説明する必要はないでしょう。
貴女のお気持を尋ねているのです。
さあ、どちらか一方に決めてください。
私の急(せ)く気持は貴女の決心を待ちきれずにいます。
アルセスト：隠れていた隅から出てきて
なるほど、仰るとおりだ。セリメーヌさん、選んでいただこう、
僕の願いも、この紳士と同じだ。
同じ愛の疼きが僕を急き立て、同じ気懸かりが僕を駆り立てる。
僕の愛情は貴女からの確かな印を求めている、
だらだら長引かせるのはやめましょう、
今こそ貴女の胸の内を明かす時だ。
オロント：
私はいささかも、手前勝手な情熱でもって、
貴君の幸運を乱すつもりはない。

アルセスト：
僕だって、やっかむかどうかは別として、
彼女の心を君と分かち合うつもりは全くないよ。
オロント：
もし君の愛情が彼女にとって僕のそれよりより好ましいようだとしたら
アルセスト：
もし少しでも彼女が君のほうへ靡(なび)く気持があるのだとしたら……
オロント：
私はもう彼女に言い寄ることとはないと誓う。
アルセスト：
僕ははっきりと彼女に会わないと誓う。
オロント：
さあ、思いを素直に話すのは貴女の番です。
アルセスト：
気兼ねせず自分の考えを説明してほしい。
オロント：
貴女の願望はどちらを向いているのか言ってください。
アルセスト：
貴女はきっぱり、二人のうちから指名すればよいのです。
オロント：
どうしようか迷っているのですか。
アルセスト：
どうしたことだ。心が揺らいでいるのか。
セリメーヌ：
あら。こうした話題はよろしくありません、
そして貴方がた二人ともいささか分別をなくしているのでは。
選べと言われれば私は自分の取るべき立場を心得ております、
今迷っているのは私の心ではありません。
お二人の間で私の心はいささかもあいまいではありません、
やれと言われればすぐにでも決められます。
でも実を言うと、私はとても強い気づまりを感じるのです
面と向かってこの種の告白をすることにです。
人の心を傷つけるそうした言葉は
人の前で言うべきものでないでしょう。

好きという気持は自ずとあらわれ、相手に伝わるものですわ、
そうでない相手にダメを出す必要などないでしょう。
もっと穏やかなやり方で
不運を摑む側の方(かた)に教えてあげれば充分です。
オロント：
いいえ、率直な告白はいささかも私が恐れるものではありません。
自分としては真直ぐに告白されることを望みます。
アルセスト：
僕も、そうしていただきたい。
はっきりした気持こそ出して頂きたい、
いささかも貴女が配慮してくださるのを求めません。
思わせぶりはあなたの御箱(おはこ)ですが。
でもこれ以上は時間の無駄、躊躇のしすぎです。
僕らが問題にしていることに答えてほしい、
それをしないというなら僕は拒否されたと受け取ります、
その沈黙を自分なりに理解します、
そして自分が考える最悪の不幸に自分がいるのだと思い知るでしょう。
オロント：
激しい気持を示してくれて感謝する、
私もこの方に君と同じことを言いたい。
セリメーヌ：
そんなわがまま仰って私を疲れさせるのね。
貴方がたが求めていらっしゃることには道理があるかしら。
私が何の故(ゆえ)にためらってるのかもう申し上げたはずです。
エリアントが来たからどうするか決めてもらいましょう。

第3場

エリアント、フィラント、セリメーヌ、オロント、アルセスト

セリメーヌ：
お姉さま、私はここで責め立てられています
このお二人妙なことで意見が合って。
二人とも、同じように興奮して、迫るのです

私が二人のうちどちらに愛情を感じるかはっきりしろと、
そうしたらもう片方は以後
お付き合いは一切控えると。
私がどうしたらよいか教えてください。
エリアント：
相談する相手が間違っています。
そんなことで他人に意見を求めるなんて呆れるわ、
私自身ならはっきりものを言うのを選びますけど。
オロント：
もう言い逃れはできません。
アルセスト：
のらくらした態度はかえって悪い結果を生む。
オロント：
ささ話してください、どっちつかずの状態は止めにして。
アルセスト：
黙ったままではいけない。
オロント：
我々の諍いを終わらせるために一言(ひとこと)言ってくださればよいのです。
アルセスト：
何も話さないなら君の気持を自分で忖度(そんたく)しよう。

最終場

アカスト、クリタンドル、アルシノエ、フィラント、
エリアント、オロント、セリメーヌ、アルセスト

アカスト：
失礼ながら、我々二人は参りました、
貴女にかかわるささやかな謎を解くために。
クリタンドル：
うまい具合に、他の紳士諸君もおられる、
そう君たちも我々同様この問題にかかわっているのですぞ。
アルシノエ：
私がいることで驚かれることでしょう。

でもこの紳士がたに連れてこられたのです。
このお二人は私に出会って、さんざん不満を漏らされました、
私の心が慌てふためくほどのすごい言い方で。
私は貴女という方をとても高く評価していますので、
まさか貴女がこんなひどいことをなさるとはつゆ思いませんでした。
確かな証拠の物にも目をつぶったほどです。
そもそも友情というものは小さな軋轢(あつれき)など乗り越えるものですから、
私もご一緒にお宅に伺いました、
そうした中傷など何でもないものと確かめたいのです。
アカスト：
そうです、考えてごらんなさい、落ち着いて、
どうしたら貴女はこのことを弁明できるのかと。
この手紙は貴女がクリタンドルに宛てて書いたものですね。
クリタンドル：
貴女はアカストに宛ててこの恋文を書きましたか。
アカスト：
紳士諸君、この筆跡、お分かりでしょう、
彼女は親切で筆まめですからね
この字に見覚えがあるはずです。
とはいえこれはわざわざ読むに値します。

貴方って変なお方、私の陽気な言動を非難し、私が貴方と御一緒でないときしか嬉しそうにしていないなんてお責めになるなんて。それほど根拠のないことは一つもありません。そしてもし貴方がすぐにこの無礼のことで私に詫びにいらっしゃらないなら、私は一生そのことで貴方を許しませんわよ。例ののっぽの子爵様は……

御当人がここに居ればよいのに。

例ののっぽの子爵さまは、貴方がいつも悪く言う方のことですが、私がどうあっても好きになれないお方です。あの方を見ていたら、あの方って45分のあいだ、井戸に丸い輪にして唾を吐くのですもの、いい意見など持ちようがありませんでしょう。小柄な侯爵さまの方は……

紳士方、これは僕のことだ、自慢ではないがね。

小柄な侯爵さま、あの方は昨日長いこと私の手を握っていましたが、この方の人格ほど薄っぺらなものは何もありません。そして彼の取り柄ときたらうわべだけのつまらないものばかり。緑のリボンのお方は……

君の番だ。

緑のリボンの君、この人は急に怒り出したり塞ぎ込んだりで飽きさせません。けれどそれは苛立たしく思うのと裏腹よ。そしておしゃれな上衣(うわぎ)のお方は……

こんどはそちらの悪口だ

そしておしゃれな上衣のお方、この方って自分を才人だと自惚れていて世間の評判に反して一端(いっぱし)の作家気取りだけれど、私はわざわざ彼が言うことを聞こうなんて気にはなりません。そして彼の散文ときたら彼の韻文と同じく私を退屈させるばかり。信じて結構よ、私はいつも貴方が考えているほど楽しんでいるわけじゃない。どのパーティーに連れて行かれようとも私は自分で思っている以上に貴方がいないとさみしいし、自分が好きなお方がそばにいるのを噛みしめることは何と言っても喜びの最高の味付けに成りますことよ。

クリタンドル：
さて今度はそれがしの出番かな。

例のクリタンドル様、貴方が私によくお話しする方、そしておためごかしを言う方、あの方は本当に虫が好かないわ。彼は相手が絶対自分のことを愛しているなんて常識はずれの思い込みをするのですもの。逆に貴方のほうは人に愛されてないなんて考えるとしたらおバカさんよ。貴方と彼お二人の気持を互いに交換するのが相応しいわ。そしてできる限り私に会いに来てください。ずっとクリタンドル様とばかりいるのだったらぞっとしませんわ。

これは何と言っても素晴らしい性格の見本だ、
貴女はこうした人が何と呼ばれるかご存じですか。
もう沢山だ。我々はこれからあらゆる場所で
貴女の心が描く素晴らしい人物観察を吹聴しますよ。

アカスト：
私は貴女に申し上げたいことがある、至って明快なことだ。
貴女は腹を立てる相手ですらないのが良く分かった。
それで私は貴女にお目に掛けよう、小柄な侯爵だとて
大いに心寛ぐ、高潔な魂の婦人がいくらでも控えていることを。
オロント：
何と。とんでもなくこの身は傷つけられてしまった、
貴女がこの私に書いた手紙の事の次第があからさまになって。
貴女の心は、見せかけの結構な愛情で飾られていて、
あらゆる種類の人間に次々と気を向けるわけだ。
そう、私は騙されるに足る人間だった、でもこれからは違う。
貴女のお蔭で勉強した、貴女という人間をよく知ったことで。
危く助かった、貴女がこうして与えてくれた真実のお蔭でね、
だから私は貴女を蔑むことでそのしっぺい返しをしてやろう。

　　アルセストに

君、私はもう君の恋の炎の邪魔立てはしない、
だから君はこの女性と恋路を歩めばよい。
アルシノエ：
なるほど、これって世界で一番汚らしいやり口ね。
私は黙ってはいられません、そして感情が激するのを感じます。
貴女のしたようなやり口に似たやり方があるでしょうか。
他の方々のことはどうでもいいでしょう。
でもこの紳士、貴女がその方に幸運にも愛された、
彼のように美質と名誉に溢れる紳士、
そして偶像のように貴方を崇めてくれる紳士、
その方をどうして……。
アルセスト：
お願いです、放っておいてください、
そうしたことは、当人である私に任せて下さい、
余計なことに口を挟まないでいただきたい。
ここで貴女がせっかくの弁舌を始めてくださっても無駄です、
僕の心はいささかもこの情熱の代わりとなるものを求める状態にありません。

ましてや貴女のことを思い浮かべるなどと思わないでください、
もし別の女性を頼りとしこの自分の恨みを晴らすそうとするとしてもです。
アルシノエ：
まあ何てこと、お考えになりますか、私がそんな思いを抱くなんて、
また貴方をわがものにすることにいたく執心するなんて。
貴方って大いに自惚れに満ちた心をお持ちなのですね
そうした愛情のお裾分けがもらえると思うなんて。
他の女に振られた男に熱を上げるなんて
そんなバカな女はいないわ。
お願いですから、自分の誤りに気づいて、少しはへりくだって下さい。
貴方に必要なのは私のような人間ではありません。
セリメーヌに精々熱をお上げなさいな、
私はお二人が真っ当に結婚することを祈っておりますことよ。

　　　彼女は退出する

アルセスト：
やれやれ。ここまでの流れは死の苦しみだ、
じっと我慢して周りが勝手に話すがままにさせておいた。
いい加減自分の感情を抑えられるようになったと思う、
だからもう口を開いてもよいだろう……。
セリメーヌ：
ええ、何でもおっしゃればいいわ。
貴方にはそうする権利があるのです、不満を口にしたければ、
そしてどんなことでもご自由に私を非難して下さい。
私は間違っていました、それを認めます、バツが悪くて
貴方に対して如何なる空しい弁明も致しません
今は他の方たちの怒りなどどうでもいい、
でも貴方への背信については申し訳なく思います。
貴方のお怒りは、間違いなく、もっともなものです。
私は自分がどれほど貴方に謝らねばならないか存じています、
全てが明かしているように私は貴方を裏切りました、
貴方に恨まれても当然です。
そうなさい、文句は言いません。

人間嫌い

アルセスト：
ああ！　不実な人、僕にそれができるだろうか。
自分の心のもろさに打ち勝つことができるだろうか。
こんな啀(いが)むように君を嫌おうとしているのに、
なのに君をすっかり許そうという気持があるのは何故だろう。

　　エリアントとフィラントに

似つかわしくないか弱さを見せてしまった、
君ら二人が僕の軟弱さの証人だ。
でも、実のところ、まだそれでは足りない、
君たちは僕がこの弱さを身の内に駆り立ててゆくのを、
そして人間を賢いなどと呼ぶのは間違いであり、
誰の心にも人間としての弱さがあるのを見てとるだろう。
そうさ、その通り、この背信者め、僕は君の大きな罪を忘れてやろう。
僕の心はこうした全ての傷の痛みを忘れることだってできる、
そしてそれをつけた君をかばうことだってできる
君の若さが時代の悪風にそそのかされたことなのだと、
もし君がいいと言ってくれれば
全ての人間から逃れるため僕が考えていることを実行に移したい、
人里離れた場所で、生きてゆくのだ、
君がついてくる気持になってくれさえすれば。
そこでこそ君は心を尽くして、
ひどい手紙の罪を償い、
濁った心が引き起こしたこの悶着を悔いることができる、
それはまた僕がもう一度君を愛することにつながるはずだ。
セリメーヌ：
私が齢(とし)をとる前に社交界を離れる、
そして貴方の人里離れた別荘に埋もれるなんて。
アルセスト：
君の恋の焔が僕の炎と交じり合うのなら、
世界の残りの人々などどうでもよいはずだ。
僕と一緒にいたいという君の気持はそれで満足しないのか。

セリメーヌ：
孤独は二十歳(はたち)の心を不安にさせます。
私は自分の心が充分に満ち足りて、充分にしっかりしたといえるほど、
そのお考えを受け入れる決心はつきません。
もし私が貴方と結婚することでご満足いただけるなら、
私はそのような絆を結ぶのにやぶさかではありません。
それで……
アルセスト：
いやいい。もう君のことなど何とも思わない、
君に拒まれたことでこの心は何よりも孤独になった。
甘い絆を二人して結び、
僕が君の中に全てを見つけ僕の中に君が全てを見つける、そうならない以上、
そうさ、断乎お断りする、そしてこの辛(つら)い屈辱
浅はかな君の枷(かせ)から僕は永久に解放される。

　　　セリメーヌ、退出、そしてアルセストはエリアントに話しかける

百もの美徳に貴女は飾られています、
貴女こそ真の誠実さを有した方です。
かねてから、この上なく大切な方だと思っていました。
これからもずっと心よりの敬意を払わせてください。
でも許して下さい、思い悩む僕の心は、
貴女に寄り沿いお側近くにいたいという気持になれないのです。
僕は似つかわしくない人間です、
天は僕を貴女と結ばれるのに相応しく創ってはくださらなかった。
僕など貴女の愛を受けるには値しない人間で
貴女にくらべ価値のない女性から拒絶される程度の男です。
そして……
エリアント：
貴方はその考えに従えばよろしいですわ。
私の結婚についてははっきりしています。
ここにいらっしゃる貴方のお友達、私を不安にさせることのまずないお方、
そう、この方は、私がお願いすれば、結婚を申し込んで下さいますのよ。

フィラント：
ああ！　この名誉は、全ての私の願いでした。
そして私はそのためならわが血も命も犠牲に致します。
アルセスト：
本当の満足を味わうために、お二人には是非お願いしたい
誓ってお互いいつまでもその愛情を持ち続けることを。
全ての愛に背かれ、不正な人々に打ちのめされて、
この僕は悪徳が勝ち誇る深淵から出てゆきます、
そしてこの地上のどこか人里離れた場所を探すことにします。
そこで自由な人間として誠実に生きてゆく。
フィラント：
さあ、何としても、
彼の心が抱いている計画を断ちきりましょう。

(幕)

あとがきに代えて

　文は人なりというが、訳も人なり。このような古典では、直訳から意訳までの幅が広いので、原文に対する処し方により同じ作品かと思えるほど文章が変わってくる。
　本編を改めて眺めると、悪く言えばざっくりすぎ、よく言えば思い切りいい、訳文になっている。夜店のガラクタよろしく下に並べた、訳者略歴そのままといえようか。

柴田耕太郎（しばた こうたろう）
少年時代は子役。早稲田大学仏文専修卒。
出版社勤務、新聞配達、塾教師、児童劇演出助手、声優、大手劇団文芸部、など転々とするも演劇で食えず翻訳業界へ。
翻訳実践者、翻訳経営者を経て、翻訳教育者、㈱アイディ会長。

ささやかな活動の一部（2018年現在）
舞台翻訳：「オクラホマ」宝塚歌劇団
　　　　　「邪悪魔しい女」劇団昴
　　　　　「私もカトリーヌ・ドヌーヴ」ギー・フォアシー・シアター
映像翻訳：（劇映画）
　　　　　「君に愛の月影を」TBS
　　　　　「ナンバー」TBS
　　　　　「冒険三人」TV東京
出版翻訳：『ブレヒト』現代書館
　　　　　『ジャズ・ヴァーカルの発声』東亜音楽社
　　　　　『現代フランス演劇傑作選』演劇出版社
産業翻訳：あらゆる分野のペラ物を原稿用紙にして数万枚
舞台演出：「声」ジャン・コクトー（米倉紀之子主演）
　　　　　「味」ロアルド・ダール（壤 晴彦主演）
　　　　　「棘」フランソワーズ・サガン（大鳥れい主演）

翻訳教育：アイディ「英文教室」主宰
　　　　　獨協大学非常勤講師
　　　　　東京女子大学非常勤講師
関連著書：『翻訳家になろう』青弓社
　　　　　『英文翻訳テクニック』ちくま新書
　　　　　『翻訳力錬成テキストブック』日外アソシエーツ

テキストは GF Flammarion を基に、必要に応じ各種参照した。
作品解説については、他書にいくらでも優れたものがあるので
屋上屋を架す愚をさけた。
難解な箇所については伊藤洋早大名誉教授のご教示を受けた。

モリエール傑作戯曲選集2	2018年 8月27日初版第1刷印刷
	2018年 9月 2日初版第1刷発行
	著 者　モリエール
	訳 者　柴田耕太郎
	発行者　百瀬精一
定価（本体2800円＋税）	発行所　鳥影社（www.choeisha.com）
	〒160-0023　東京都新宿区西新宿3-5-12トーカン新宿7F
	電話 03(5948)6470, FAX 03(5948)6471
	〒392-0012　長野県諏訪市四賀229-1（本社・編集室）
	電話 0266(53)2903, FAX 0266(58)6771
	印刷・製本　シナノ印刷
乱丁・落丁はお取り替えします。	© SHIBATA Kotaro 2018 printed in Japan
	ISBN978-4-86265-700-8　C0098